LIEUX HANTÉS 5

HISTOIRES VÉRIDIQUES D'ICI

LIEUX
HANTÉS 5
HISTOIRES VÉRIDIQUES D'ICI

JOEL A. SUTHERLAND

Illustrations de
Norman Lanting

Texte français de
France Gladu

À Charles, à Bronwen et à tous les enfants qui croient, qui veulent croire ou qui commenceront bientôt à croire...

Catalogage avant publication de Bibliothèque et Archives Canada

Sutherland, Joel A., 1980-
[Haunted Canada 4. Français]
Lieux hantés 5 : histoires véridiques d'ici / Joel Sutherland ;
texte français de France Gladu.

Traduction de : Haunted Canada 4.
ISBN 978-1-4431-4737-8 (couverture souple)

1. Fantômes--Canada--Ouvrages pour la jeunesse. 2. Lieux hantés--
Canada--Ouvrages pour la jeunesse. I. Titre. II. Titre: Lieux hantés cinq.
III. Titre: Haunted Canada 4. Français.

BF1472.C3S9814 2015   j133.10971   C2015-902688-1

Crédits photographiques de la page couverture : Fotolia © davidevision
(capuchon et crâne); Fotolia © lighthouse (mains sortant d'un tunnel); Fotolia ©
davidevision (crâne).
Illustrations de Norman Lanting.

TABLE DES MATIÈRES

RÉFÉRENCES PHOTOGRAPHIQUES

Page 5 : Gracieuseté de Michelle Prins

Page 11 : CBC

Page 13 : Gracieuseté de Peel's Prairie Provinces, initiative numérique des Presses de l'Université de l'Alberta

Page 20 : Le pénitencier de Kingston, Collection d'images de Kingston V23 Pub-Kingston Pen-15

Page 30 : Canada. Bureau des brevets, Bibliothèque et Archives Canada, PA-030973

Page 34 : Archives de la ville d'Edmonton, EA-160-1522

Page 43 : Archives de Glenbow, NA-3282-2

Page 47 : Gracieuseté de l'Hôtel Delta Bessborough

Page 53 : Musée de Dawson City, 1962.7.111

Page 59 : Gracieuseté de la Direction des ressources historiques, Tourisme, Culture, Patrimoine, Sport et Protection du consommateur

Page 67, en haut : Bibliothèque et Archives Canada, code d'accès 1995-134-1; en bas : Bibliothèque et Archives Canada, code d'accès 1991-209-1/c027665

Page 75 : Gracieuseté d'August Donnelly

Page 78 : Gracieuseté de Margaret Deefholts

Page 83 : Archives de la Nouvelle-Écosse, rue Argyle à l'angle de la rue George, Halifax, montrant les cercueils de pin fournis par Snow & Co., Undertakers, deuxième immeuble à partir de la droite, pour les victimes de l'explosion; W.G. MacLaughlan, photographe; décembre 1917; NSA, Commission de secours d'Halifax, 1976-166, n° 64

Page 87 : Archives du *Toronto Star*

Page 95 : Archives de la Nouvelle-Écosse, Phare, Peggy's Cove, N.-É.; fonds W.R. MacAskill, photographe; MSA, fonds W.R. MacAskill, 1987-453, n° 3820

Page 99 : Gracieuseté de l'Hôtel Fairmont Empress

Page 103 : Jules-Ernest Livernois, Bibliothèque et Archives Canada, PA-024205

Page 106 : IMAGE-5909.1, photographie, Holland Cove, PE, 1916-1917, Wm. Notman & Son.

INTRODUCTION

Croyez-vous aux fantômes? Si oui, soyez les bienvenus. Assoyez-vous confortablement et préparez-vous à passer une nuit que vous n'oublierez jamais. Une nuit où la curiosité morbide, les meurtres sanglants et les esprits d'outre-tombe se déchaîneront. Une nuit de frissons, de sensations fortes et de chair de poule. Une nuit d'insomnie.

Si vous ne croyez pas aux fantômes, rien ne presse. Lisez une page ou deux. Demandez-vous s'il est possible que tant de gens instruits et d'aussi bonne réputation affirment avoir vu des esprits si ceux-ci n'existent pas. Comment se fait-il que tant d'histoires de fantômes, racontées par des gens qui ne se sont jamais vus, correspondent point par point?

Les témoignages surgissent d'un océan à l'autre dans chaque coin du pays. Que vous habitiez la Colombie-Britannique, le Nunavut, Terre-Neuve-et-Labrador ou n'importe où ailleurs, il y a fort à parier qu'il existe tout près de chez vous une maison hantée par des esprits qui n'arrivent tout simplement pas à reposer en paix. Il ne sera pas question que de maisons hantées. Non. Les fantômes élisent également domicile dans les hôtels, les hôpitaux, les églises, les forêts et même les écoles... Rien ne leur résiste.

Est-ce que je crois aux fantômes? N'en doutez pas une seconde.

J'ai la certitude qu'en lisant les récits qui suivent, vous aussi vous commencerez à y croire.

Un mot d'avertissement, avant que vous ne vous plongiez dans la lecture : s'il est déjà tard et que les heures fatales approchent, ne feriez-vous pas mieux d'attendre demain matin avant de commencer à lire ces récits?

Bonne lecture... d'horreur!

LE CINÉMA VÉRITÉ DE L'HORREUR

Coquitlam, Colombie-Britannique

Des bruits de pas à l'étage lorsqu'on est seul à la maison, la trappe verrouillée d'un sous-sol non fini dont on entend grincer les charnières, un effroyable gémissement au milieu de la nuit : si vous êtes un adepte des films d'horreur, vous connaissez certainement ces clichés cinématographiques. Peut-être ne sursautez-vous même pas quand un chat bondit d'un coin sombre en hurlant, ou que quelqu'un – ou *quelque chose* – passe devant la caméra sans être vu des protagonistes du film.

Mais c'est hors caméra qu'un acteur tenant un rôle modeste dans un film d'horreur tourné dans un hôpital psychiatrique désaffecté a eu la pire frousse de sa vie. Cette fois, il ne s'agissait pas d'effets spéciaux! Tout était vraiment trop réel. En effet, l'hôpital Riverview abrite des esprits maléfiques qui empoisonnent depuis des années la vie des équipes de tournage travaillant dans l'immeuble. L'un de ces esprits, particulièrement malveillant, inflige une morsure redoutable avec ses dents affûtées comme des lames de rasoir, puis détale à quatre pattes avec la rapidité de l'éclair. Les gros chiens sont parfois terrifiants, mais que diriez-vous de vous trouver nez à nez avec un chien *mort*? L'acteur du film d'horreur vous dira que c'est mille fois pire.

Pour comprendre d'où provient l'énergie négative de l'hôpital psychiatrique abandonné, il faut remonter aux origines de l'établissement. En 1904, la province de Colombie-Britannique a un problème. L'asile provincial d'aliénés de New Westminster est surpeuplé. On y dénombre plus de trois cents patients. Les enfants sont forcés de dormir à côté de malades mentaux adultes qui sont parfois dangereux. Des rapports font état de soins inadéquats, de conditions d'hygiène terribles et d'un milieu de vie épouvantable. Il faut de toute urgence un nouvel immeuble plus spacieux.

En 1904, la province fait donc l'acquisition d'un terrain de mille acres et en 1913, le *Hospital for the Mind*, un hôpital réservé aux maux de l'esprit (qui portera par la suite le nom d'hôpital Riverview) ouvre ses portes à Coquitlam. L'établissement est considéré comme étant à l'avant-garde en matière de soins psychiatriques. Pourtant, des lézardes ne tardent pas à s'y manifester, au sens propre comme au sens figuré. Pour tenter de guérir les patients de leur « folie », on fait appel à la thérapie des électrochocs, et l'on recourt également à la très controversée psychochirurgie, aussi appelée lobotomie. Cette chirurgie consiste à retirer une petite partie du cerveau. En 1951, l'hôpital Riverview héberge près de cinq mille patients, et la surpopulation devient de nouveau une préoccupation de premier plan.

Le problème se résout toutefois de lui-même petit à petit alors que la tendance s'inverse et que l'on passe des immenses hôpitaux psychiatriques à des établissements plus petits accueillant moins de patients. La population de Riverview décroît donc graduellement... tant et si bien que l'hôpital ferme définitivement ses portes en juillet 2012.

Au fil des ans, l'inquiétante splendeur de ces vieux bâtiments et l'atmosphère lugubre qui y règne ont fait de Riverview un lieu privilégié des sociétés de production cinématographique. Bon nombre de séquences d'horreur tournées pour le cinéma ou la télévision ont été réalisées dans les couloirs poussiéreux de l'ancien hôpital. Riverview est d'ailleurs l'endroit le plus filmé au Canada.

Mais avec un passé aussi long et marquant et tant de douleur et de chagrin vécus entre ses murs, rien d'étonnant à ce que les événements les plus effrayants se produisent parfois dans l'ancien hôpital lorsque les caméras sont éteintes.

Les membres d'équipes de tournage qui y ont travaillé la nuit ont affirmé avoir vu d'anciens patients et membres du personnel apparaître et disparaître soudainement. Des gens ont été bousculés par des forces invisibles. On dit que les tunnels du sous-sol sont tellement remplis d'énergie négative, qu'il est presque impossible d'y pénétrer.

En 2004, le tournage d'un film d'horreur a lieu dans le bâtiment West Lawn qui est fermé depuis plus de vingt ans. Quand sa présence n'est pas requise sur le plateau, un acteur audacieux du nom de Caz entreprend de passer ses nuits à explorer Riverview, sans doute par désoeuvrement.

Dans les infâmes tunnels du sous-sol, Caz a l'impression

3

qu'on l'observe et sent une présence malveillante. Mais c'est sa visite au quatrième étage qui le convainc fermement de l'existence des fantômes.

Il est passé minuit. Caz est seul à l'extrémité d'un couloir qui traverse l'immeuble sur toute sa longueur. Mis à part le voyant lumineux rouge qui indique la sortie, il fait un noir d'encre. Caz attend, les pieds cloués au sol, parce qu'il sent... quelque chose.

Soudain, un chien provenant de l'autre extrémité du couloir fonce vers lui à toute vitesse. Quand la bête se rapproche, Caz constate qu'elle est transparente. Elle se rue sur lui, mais disparaît juste au moment où elle s'apprête à lui enfoncer les crocs dans la jambe.

N'en croyant pas ses yeux, Caz revient sur les lieux deux autres nuits, curieux de voir ce qui va se produire. Chaque fois, le chien fantôme se précipite sur lui et chaque fois, il disparaît avant de l'attaquer. Peut-être le chien fantôme a pour mission de protéger la « salle de la coccinelle », cette pièce du quatrième étage dans laquelle surviennent la plupart des activités paranormales de Riverview? La salle doit ce surnom peu commun notamment aux points rouges inexpliqués qui apparaissent souvent près de la porte sur les photographies et que l'on attribue à la présence d'esprits.

Fait pour le moins étrange, la salle de la coccinelle est le seul local du quatrième étage dont la porte est verrouillée. Cette porte est également la seule à ne pas comporter de poignée, ce qui en rend l'accès impossible. Par ailleurs, dans ce bâtiment inhabité et privé d'électricité, de la lumière filtre sous la porte de la pièce.

Que renferme la salle de la coccinelle? Personne n'en a la certitude, mais la rumeur veut qu'une présence maléfique appelée « la dame aux bonbons » y habite. On sait cependant

Le bâtiment West Lawn de l'hôpital Riverview

que le quatrième l'étage était celui où l'on pratiquait les lobotomies.

Une nuit, ne pouvant résister à l'envie morbide de voir ce qui se trouve dans la salle de la coccinelle, Caz y retourne et regarde par le trou de la serrure. Puis, l'oreille appuyée contre la porte, il ralentit sa respiration et tend l'oreille. Il est à l'affût du moindre bruit. Un silence anormal s'installe dans le couloir. Et tout à coup, il entend un son provenant de l'intérieur de la salle verrouillée de l'hôpital psychiatrique désaffecté, un son qui le pousse à courir à toutes jambes.

Le son de quelqu'un qui respire.

Les films d'épouvante ne sont que peu de choses, comparés aux horreurs bien réelles tapies au bout de couloirs obscurs, dans des tunnels sordides à l'odeur de moisi ou derrière des portes fermées à clé.

POURRIR DANS UNE CAGE

Lévis, Québec

« Il n'est guère de femme, dans toute l'histoire canadienne, qui ait plus mauvaise réputation que Marie-Josephte Corriveau, appelée communément La Corriveau. » Voilà la première phrase de l'entrée consacrée à La Corriveau dans le *Dictionnaire biographique du Canada*. Au cours de sa vie, Marie-Josephte Corriveau avait été une femme magnifique, mais une fois morte, elle s'est transformée en un personnage vil, dégoûtant et odieux, qui rappelle à la population de Lévis qu'il faut respecter la loi à la lettre.

Née en 1733 à Saint-Vallier, près de la ville de Québec, Marie-Josephte Corriveau a à peine seize ans lorsqu'elle épouse son premier mari, un cultivateur du nom de Charles Bouchard. Trois enfants naissent de cette union et le couple demeure sous le même toit durant onze ans, même si l'on chuchote que ce mariage n'est ni serein, ni paisible. Les villageois croient que Charles se montre méchant et violent envers sa jeune épouse. Marie-Josephte est malheureuse et bien des gens sont d'avis qu'elle serait mieux si elle vivait seule. Toutefois, lorsque Charles est trouvé mort en 1760, personne ne suspecte la femme de quelque méfait que ce soit. Nul ne s'étonne non plus que Marie-Josephte se remarie à peine quinze mois plus tard. Les temps sont durs. Elle doit avant tout veiller au bien-être de ses enfants, et leur assurer nourriture et logement.

Elle épouse Louis Étienne Dodier, cultivateur lui aussi. Au début, tout semble bien se passer, mais des failles ne tardent pas à apparaître dans leur relation, laquelle sera de courte durée. En effet, environ un an et demi après le mariage, Louis-Étienne est trouvé mort dans sa propre écurie. Marie-Josephte fait valoir que leur cheval a dû ruer et piétiner son nouveau mari, dont la tête est enfoncée et le visage, couvert de lacérations. Mais cette fois, les gens de la région ne manifestent pas autant de confiance à l'égard de la jeune femme. Les autorités militaires britanniques, qui ont récemment conquis la Nouvelle-France, ouvrent une enquête sur ce décès. Elles ont tôt fait de décréter que le cheval n'est pour rien dans la mort de Louis.

Il est de notoriété publique que le père de Marie-Josephte, Joseph, n'approuvait pas le second mariage de sa fille et qu'il était en mauvais termes avec Louis. Le tribunal militaire le reconnaît coupable du meurtre et le condamne à la pendaison. Marie-Josephte, présumée complice, est pour sa part condamnée à soixante coups de fouet et est marquée au fer rouge de la lettre M sur la main.

Aucune de ces sentences n'est toutefois exécutée, Joseph admettant finalement, à la veille de sa pendaison, qu'il a cherché à éviter la pendaison à sa fille en ne clamant pas sa propre innocence. Le cœur lourd, il avoue n'avoir joué aucun rôle dans la mort de Louis et affirme que la culpabilité revient entièrement à Marie-Josephte.

Un second procès a lieu et Marie-Josephte déclare avoir tué son mari de deux coups de hache à la tête alors qu'il dormait. Elle dit avoir ensuite traîné le corps de la maison à l'écurie pour faire croire à une mort accidentelle. Personne ne sait pourquoi elle décide à ce moment précis d'avouer la vérité. Le poids de la culpabilité est-il trop lourd à porter? Ou, à l'instar de nombreux tueurs en série, peut-être a-t-elle besoin d'attirer l'attention? Quoi qu'il en soit, l'admission de sa culpabilité entraîne de nouvelles spéculations quant au décès soudain et mystérieux de son premier mari. Au fil des ans, la légende prend des proportions telles qu'on en arrive à affirmer que La Corriveau a eu sept maris et qu'elle les a tous assassinés par les moyens les plus horribles : empoisonnement, strangulation, empalement avec une fourche. On va même jusqu'à raconter qu'elle a fait bouillir l'un d'eux vivant.

On retire les accusations qui pèsent sur Joseph Corriveau et Marie-Josephte est condamnée à être pendue en raison des crimes qu'elle a commis. Mais cette sentence à elle seule ne constitue pas une punition suffisante pour une personne aussi mauvaise et dangereuse que d'aucuns considèrent désormais comme une sorcière aux pouvoirs maléfiques. On ordonne donc qu'après la pendaison, sa dépouille soit placée dans une cage de fer à forme humaine et soit suspendue à la vue du public.

La terrible exécution a lieu en 1763. Le cadavre de Marie-Josephte est placé dans la cage et accroché dans les bois à un carrefour très fréquenté qu'on appellera plus tard la forêt de La Corriveau. La cage – et son contenu – se balancent au vent pendant trente-huit jours pour bien servir d'avertissement. La peau de la défunte noircit, puis se détache de ses os. Ses cheveux tombent et des animaux viennent lui arracher des lambeaux de chair. Une odeur atroce envahit les lieux. Mais à mesure que se flétrit le cadavre, la certitude que Marie-Josephte ne peut plus causer de tort aux vivants s'évanouit également.

Ne souhaitant pas entendre les grincements angoissants du métal et l'affreux cliquetis des ossements, les voyageurs évitent pour la plupart d'emprunter l'intersection maudite une fois la nuit tombée. Ceux qui ne sont pas superstitieux et se disent difficiles à effrayer arrivent pourtant à destination le visage pâle s'ils ont osé passer à proximité de la cage oscillante. Ils racontent volontiers que le cadavre pourrissant a ouvert les yeux et a chuchoté leur nom d'une voix gutturale en tendant vers eux ses mains en décomposition. De jour en jour, les témoignages se font plus débridés et effrayants. Le corps de Marie-Josephte est finalement transporté vers un cimetière de la région, mais personne n'est assez brave pour le libérer. C'est ainsi qu'on enterre La Corriveau avec sa cage.

Les villageois espèrent ne plus entendre parler de Marie-Josephte, mais ils se trompent amèrement. Peu après l'enterrement, un honnête jeune homme du nom de François Dubé rentre retrouver son épouse à la maison. En passant devant l'arbre où la cage a été suspendue, il voit une chose étrange de l'autre côté de la rivière. Des silhouettes démoniaques dansent autour des flammes crépitantes d'un feu bleuté. Juste au moment où François se retourne pour fuir, deux mains osseuses et gluantes s'agrippent à sa gorge par-derrière et le maintiennent sur place.

« Emmène-moi de l'autre côté de la rivière, Dubé », lui souffle à l'oreille le cadavre en décomposition de Marie-

Josephte. « Je ne peux pas traverser les saintes eaux du Saint-Laurent à moins qu'un chrétien me transporte. »

François tombe à la renverse en essayant de se libérer de l'emprise de la défunte qui a une force surnaturelle. Alors qu'il tire sur ses bras, sa chair rongée par les vers se déchire et se tortille dans ses mains. Finalement emporté par une frayeur extrême, François s'évanouit en bordure de la route. C'est à cet endroit que son épouse le retrouve le lendemain matin, presque paralysé par la peur, mais reconnaissant d'être toujours en vie.

Encore aujourd'hui, on raconte que le fantôme de Marie-Josephte s'échappe de sa tombe pour tourmenter les passants dans la forêt de La Corriveau. Ceux qui se rappellent son histoire – et qui l'oublierait? – ont la sagesse de déserter la route et les bois pour se réfugier dans la sécurité de leur foyer avant que la nuit ne tombe sur la ville de Lévis.

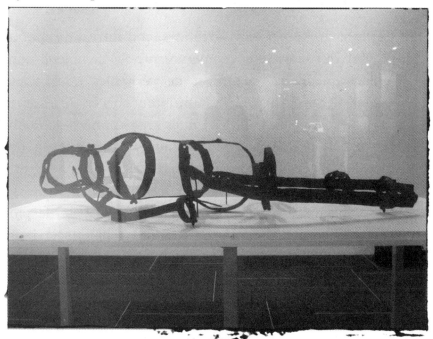

La cage ayant contenu le corps de Marie-Josephte Corriveau

DES YEUX ROUGES DANS LA NUIT

Roche percée, Saskatchewan

Certains fantômes sont pacifiques, et d'autres, méchants. Mais quel que soit leur tempérament, ils semblent pour la plupart incapables d'infliger de véritables souffrances physiques aux vivants. On ne saurait toutefois en dire autant des rougarous qui hantent les mines abandonnées de Roche Percée. Selon des légendes autochtones remontant à des centaines d'années, les rougarous sont des esprits aux yeux rouges qui percent l'obscurité. D'une taille monstrueuse, ils ressemblent à un mélange d'homme et de bête, le plus souvent à un coyote. Ils protègent farouchement leur territoire et attaquent quiconque ose s'aventurer trop près.

Situé au sud-est de la ville d'Estevan, le petit village de Roche Percée doit son nom français aux Métis, qui ont campé dans la région durant de nombreuses années et désigné ainsi l'étrange formation géologique. Le village voit le jour dans les années 1880, lorsque les gens y découvrent du charbon. Le minerai est extrait du sol, puis transporté à Winnipeg. La première mine de charbon à grande échelle est construite en 1891. En l'espace de quelques années, des dizaines de mines font leur apparition, et Roche Percée devient une communauté animée grouillant de mineurs et de gens venus y chercher fortune. Mais durant les années 1950, la plupart des sociétés exploitant les mines de charbon ferment leurs portes. Puis en 2011, une gigantesque inondation oblige bon nombre des résidents restés au village à abandonner leur maison, laissant derrière eux un village fantôme peuplé d'immeubles endommagés et de mines vides.

La roche percée demeure évidemment sur les lieux; il s'agit d'un immense repère naturel en grès qui se dresse telle une main gigantesque et osseuse ressortant d'une tombe. En s'engouffrant dans ses multiples trous, tunnels et crevasses, le vent produit un hurlement sinistre que

Carte postale de Roche Percée datée de 1917

craignent et vénèrent à la fois tous ceux qui l'entendent. Les braves qui osent s'aventurer dans les tunnels éprouvent le besoin d'y graver leur nom sur les parois rocheuses. Ce fut notamment le cas du général Custer et du célèbre 7e régiment de cavalerie américain durant les années 1800.

Depuis toujours, les touristes et les villageois disent apercevoir des rougarous à Roche Percée. Les rougarous ne produisent qu'un grognement sourd et menaçant. Mais si leur cible ne s'enfuit pas immédiatement, ils attaquent. Les personnes qui ont la sagesse de rebrousser chemin sont pourchassées à travers les bois par les yeux rouges désincarnés des esprits jusqu'à ce qu'elles. soient loin du territoire des rougarous.

Bien que les descriptions de ces monstrueux esprits varient selon les témoignages, elles sont toutes aussi terrifiantes les unes que les autres. Courtney Chistensen a été poursuivie par l'une de ces créatures, une grosse bête couverte de fourrure, plus haute qu'un chevreuil et moitié loup, moitié ours. Jan Drummond affirme avoir vu un rougarou marchant sur le toit d'une école. Le rougarou avait la tête et les bois d'un chevreuil, mais les jambes d'un homme. Tous ces témoins affirment que cette vision était un mauvais présage.

Si la vue d'un fantôme aux yeux rougeoyants à mi-chemin entre l'homme et la bête ne suffit pas à vous faire peur, vous savez à présent qu'il s'agit par surcroît d'un mauvais présage. Alors, si vous décidez de tenir tête à un rougarou croisé dans les bois, ne dites pas qu'on ne vous avait pas prévenus!

LE PENDU

Bridgetown, Nouvelle-Écosse

« Le plus joli petit village de Nouvelle-Écosse ». Telle est la devise – non officielle – de Bridgetown (949 habitants), fondé en 1897. Des maisons victoriennes bordent les rues, les boutiques sont proches les unes des autres et les gens se saluent cordialement à chaque intersection. Un triathlon annuel en été et un festival du cidre en automne attirent de joyeuses foules. L'endroit est paisible et tranquille, ce qui convient parfaitement aux villageois.

Seulement, ces mêmes villageois ne passent pas leurs soirées au gîte touristique Stem ta Stern. Ce ne sont pas eux qui ont découvert que les nuits de Bridgetown sont parfois loin d'être paisibles et tranquilles. Ce ne sont pas eux non plus qui, la tête sous les couvertures, entendent tambouriner des doigts osseux à leur fenêtre.

Le Stem ta Stern est une demeure de style Queen Anne

qui comporte deux chambres d'invités. La majeure partie de son architecture d'époque a été préservée. Cela comprend les vitraux, la tourelle avant et les boiseries de toute la maison. Bridgetown possédait autrefois un important chantier naval. La ville était prospère comme les magnifiques demeures en témoignent. Elles ont du reste l'allure parfaite pour un film sur les maisons hantées et, en ce qui concerne le Stem ta Stern, le fantôme parfait.

Une semaine après avoir acheté la demeure, la propriétaire est d'abord réveillée par un bruit étrange qu'elle attribue au vent. Elle se glisse hors du lit et descend au rez-de-chaussée pour s'assurer que tout va bien et pour se servir un verre d'eau. Elle passe devant un débarras. Elle s'arrête. L'air qui s'échappe de sous la porte est anormalement froid. Puis, elle entend un son qui la glace jusqu'aux os. *Toc-toc-toc-toc-toc-toc.* Elle a l'impression que quelqu'un frappe à la fenêtre et le bruit semble provenir du débarras.

Elle ouvre la porte et entre dans la pièce. Ce qu'elle voit par la fenêtre capte immédiatement son attention. Pendu par le cou à un gros arbre, un homme se balance dans le vent. Elle sursaute, stupéfaite, mais lorsqu'elle regarde de nouveau à la fenêtre, le pendu a disparu.

On suppose que l'homme s'est suicidé, mais personne ne sait qui il est ni ce qui lui est arrivé. Cela n'empêche pas le pendu d'effrayer les clients de temps à autre. Chaque fois, c'est la même histoire qui se répète. Tard le soir, la température de la chambre chute sans raison apparente. Quelqu'un émet un avertissement à la fenêtre : *Toc-toc-toc-toc-toc-toc.* Mais alors, au lieu d'être pendu à l'arbre, dehors, l'homme apparaît subitement dans le couloir ou dans une pièce. Il grimace de douleur et a le cou tordu et contusionné. Cette vision absolument horrible arrache un cri aux clients et les oblige à fermer les yeux. Et lorsqu'ils trouvent finalement le courage de les rouvrir, le pendu a disparu.

À en croire les témoignages des clients du Stem ta Stern, il semble bien que le plus joli petit village de Nouvelle-Écosse abrite un secret qui n'a rien de joli ni de petit.

LES TOMBES DE L'ENFER

Kingston, Ontario

Toute l'année durant, beau temps, mauvais temps, les touristes de Kingston sont conduits le long de rues sombres et de ruelles obscures, se délectant des horribles détails relatés au cours de cette marche hantée, l'une des plus anciennes du pays. Vêtus de robes noires et munis d'une lampe au kérosène, les guides touristiques prennent plaisir à faire frémir leur auditoire en leur racontant des histoires véridiques à donner la chair de poule. Mais même si terroriser les gens fait partie de leur travail, il existe un fantôme si horrible qu'ils n'osent même pas évoquer son nom.

Ce fantôme est celui d'un certain George Hewell, détenu du pénitencier de Kingston et tué d'un coup de fusil par le gardien-chef en 1897. Au dire de tous, Hewell était une pomme particulièrement pourrie dans cette prison pourtant remplie des pires criminels que notre pays ait connus. Cet homme portait en lui une telle méchanceté, que même la mort n'a pu l'empêcher de tourmenter les gardiens et les autres détenus.

Avant sa fermeture en 2013, le pénitencier de Kingston était le lieu de détention le plus tristement célèbre du Canada. Il a hébergé des criminels aussi notoires que Clifford Olson, Paul Bernardo et Russell Williams. Ouvert en 1835, l'établissement est plus vieux que la Confédération et il a été proclamé lieu historique national. Après 178 ans d'existence, il a été établi que le pénitencier se trouvait en si mauvais état qu'il était trop coûteux d'en maintenir l'exploitation. On a transféré les détenus dans d'autres prisons, mais le récit des terribles événements qui se sont déroulés entre ses murs de pierre calcaire perdure.

À ses débuts, l'une des formes de punition infligées au pénitencier consistait à attacher le prisonnier à un poteau et à le flageller jusqu'à quarante fois à l'aide d'un « chat à neuf queues », un fouet redoutable conçu pour provoquer autant de douleur et de blessures que possible sur le dos. On recourait également au marquage au fer rouge, qui brûlait la peau et étiquetait à jamais le prisonnier comme criminel. La pendaison était également pratiquée assez fréquemment sur les lieux. À l'époque, un acte illégal aussi bénin que de voler une vache ou de contrefaire un reçu était passible de mort.

Les deux premiers directeurs du pénitencier, Henry Smith et son fils Frank, s'acquittaient eux-mêmes de cette tâche barbare. Henry avait conçu ce qu'il appelait « la boîte », un cercueil de bois qui obligeait les détenus à se tenir debout et immobiles tant l'espace était restreint. On laissait les prisonniers dans la boîte pendant près de dix heures et les gardiens leur assenaient des coups ou les piquaient par les trous d'aération. Frank aimait apparemment utiliser les prisonniers comme cibles au tir à l'arc, leur planter des épingles et des aiguilles sur le corps comme s'ils étaient des pelotes à épingles humaines et leur verser du sel de force dans la bouche.

Bien que le traitement des détenus se soit amélioré avec les années, l'énergie négative engendrée par tant de haine et de souffrance demeure, et les murs de pierre en sont imprégnés à jamais. Certains disent qu'entrer au pénitencier de Kingston donne l'impression d'être poussé dans les tombes de l'enfer.

Serait-ce la présence du fantôme de George Hewell que sentent les gens lorsqu'ils pénètrent dans la prison? On a déjà signalé son esprit vengeur. À la une du *Kingston Daily News* du 13 février 1897, un article intitulé « Ont-ils vu un fantôme? » décrit une rencontre à faire frémir avec Hewell, qui était mort depuis un an.

Le pénitencier de Kingston

Un soir, éclairés par le reflet brillant de la lune sur la neige fraîchement tombée, deux gardiens arrivant à un angle de la cour extérieure aperçoivent un homme en vêtements de détenu qui franchit la porte de l'hôpital. Décrit comme un « visiteur nocturne à la forme étrange », l'homme traverse en silence la cour de l'établissement sans prêter la moindre attention à la présence des gardiens. Ils lui ordonnent de s'identifier et d'expliquer ce qu'il fait dehors à cette heure, mais l'inconnu leur tourne le dos et retourne sans dire un mot vers la porte de l'hôpital. Les gardiens se préparent à tirer, mais donnent un dernier avertissement à l'homme. Celui-ci se retourne pour leur faire face, touche la porte de l'hôpital, puis disparaît soudainement devant les yeux des gardiens abasourdis. Ils admettront par la suite tous les deux avoir immédiatement reconnu cette silhouette floue comme étant celle de George Hewell. Les recherches effectuées cette nuit-là à l'intérieur de la prison demeurent vaines et le mystère, entier.

Avant sa mort, Hewell purge une peine d'emprisonnement à perpétuité au pénitencier de Kingston. Il a la réputation de s'en prendre à quiconque se trouve à sa portée, y compris les gardiens et les autres détenus. Au moins quatre incidents sont consignés au cours desquels il tente de tuer des prisonniers. Les motifs les plus insignifiants suffisent à éveiller ses instincts meurtriers. Un jour, il essaie d'assassiner un homme qui lui a emprunté son livre de bibliothèque. Il est comme une caisse de dynamite prête à exploser à n'importe quel moment.

Le récit entourant la mort de Hewell est à la fois horrible et captivant : un matin à l'aube, il essaie de jeter un détenu d'un balcon au troisième étage pour le tuer. On le punit en l'enfermant dans une cellule d'isolement pendant un certain temps, puis en l'obligeant à travailler pour le reste de la journée à la boutique du tailleur. Grave erreur! Hewell, colérique et irrationnel, met la main sur des ciseaux de tailleur bien affûtés.

Dissimulant les ciseaux sur son corps, Hewell passe le reste de la soirée à jurer et à s'agiter bruyamment dans sa cellule. Après avoir toléré ce raffut aussi longtemps qu'ils le peuvent, les gardiens entrent dans la cellule pour emmener Hewell dans un autre lieu de punition. Saisissant l'occasion qui lui est ainsi offerte, ce dernier attaque les gardiens avec les ciseaux. Heureusement pour eux, il ne parvient pas à les blesser gravement avant que le directeur du pénitencier pointe son pistolet sur lui et lui tire une balle dans la tête.

Une balle dans la tête suffit normalement à tuer un homme, mais Hewell n'a rien d'un être normal. Durant encore cinq longues heures, il continue de jurer et de menacer les gardiens avant de succomber finalement à sa blessure.

Dans son dernier souffle, Hewell profère une malédiction à l'égard du pénitencier de Kingston : il jure de quitter son cercueil pour se venger d'avoir été tué, même sur ceux qui n'ont joué aucun rôle dans sa fin abrupte. La mort ne va pas l'empêcher de prendre sa revanche.

Depuis que des gardiens de nuit ont vu le fantôme de Hewell au clair de lune, beaucoup d'événements inquiétants ont été attribués à cet esprit vengeur, l'esprit d'un homme qui n'a jamais connu la paix. Lorsqu'il a franchi pour la première fois la guérite du pénitencier de Kingston en passant devant les tombes de l'enfer, Hewell savait qu'il allait purger sa peine jusqu'à la fin de ses jours. Il ignorait cependant qu'il demeurerait en prison après sa mort.

LA TOMBE DE BÉTON DE REBECCA

Moncton, Nouveau-Brunswick

Au nord de Moncton, quelque part en bordure d'un chemin peu fréquenté du nom de Gorge Road, se trouve une dalle de béton. À première vue, rien de particulièrement remarquable ne distingue cette dalle : le béton semble avoir été déversé à cet endroit par erreur il y a bien des années et oublié par la suite. Une clôture délabrée entoure la dalle, la protégeant de l'équipement agricole ou des chasse-neige. Mais les gens de la région savent ce qu'il y a dessous. D'ailleurs, la seule raison pour laquelle cette histoire demeure peu connue à l'extérieur du Nouveau-Brunswick tient sans doute au fait qu'ils préfèrent voir la vérité aussi profondément enfouie que les ossements gisant sous le béton au bord de la route.

En 1876, la fille de ferme Rebecca Lutes a seize ans. Américaine d'origine, sa famille a été attirée vers le sud-est du Nouveau-Brunswick par les concessions de terre qu'accorde alors l'Angleterre. Car si les terres cultivables abondent au Canada, les cultivateurs manquent. Ils sont nombreux à venir des États-Unis, d'Irlande, de Hollande, d'Allemagne et d'ailleurs pour exploiter la terre et produire les récoltes dont ils ont désespérément besoin. Mais beaucoup d'immigrants arrivent au Canada avec leurs croyances et leurs superstitions. Les malheurs, le mauvais temps, la maladie : tout peut être attribué aux forces du mal.

Particulièrement sec, l'été 1876 ne permet de produire que de maigres récoltes et rend Moncton très vulnérable aux incendies instantanés. Quelques familles perdent leur grange et leur maison lorsque des feux de forêt font rage, ce qui aggrave encore la pénurie de vivres. L'arrivée de l'hiver entraîne un nouveau problème : chaque matin, dans toute la région, des fermiers constatent que leur bétail a disparu durant la nuit. La communauté cherche désespérément quelque chose – ou plutôt quelqu'un – à blâmer.

La situation empire lorsqu'on signale la présence de lumières bizarres le long des routes après la tombée de la nuit. Des rumeurs se mettent à circuler voulant que des rites démoniaques se pratiquent au fond des bois. À bout de patience, les villageois en concluent qu'il doit y avoir une sorcière parmi eux.

On ne sait trop comment ils en arrivent à accuser Rebecca, mais certains affirment qu'elle a été vue pratiquant la sorcellerie et qu'elle a elle-même volé les animaux et a offert leur sang en sacrifice lors de ses cérémonies diaboliques. Elle est donc jugée, reconnue coupable et condamnée à mort.

Selon l'une des versions les plus déchirantes de ce récit, Rebecca aurait été pendue à un arbre de son propre jardin et on aurait obligé sa famille à assister à la scène. On aurait ensuite tranché la corde ayant servi à la pendaison et enterré la dépouille au pied de l'arbre. Mais comme ils redoutent presque autant une sorcière morte qu'une sorcière vivante, les villageois prennent d'infinies précautions pour ce qui est de l'enterrement.

D'abord, ils ne placent pas le corps sur le dos comme le veut la coutume, mais bien face contre terre afin d'empêcher la sorcière de creuser pour remonter jusqu'à la surface du sol, au cas où elle déciderait de revenir d'entre les morts. Ainsi, elle se fraierait plutôt un chemin vers le bas, en direction de l'Enfer. Ensuite, ils coulent une bonne quantité de béton sur la tombe pour l'empêcher de s'en échapper.

Or, malgré tous les efforts qu'ils déploient afin de la murer six pieds sous terre pour l'éternité, les villageois commencent à voir Rebecca errer dans les champs la nuit, ce qui se produit aujourd'hui encore. Elle revêt parfois la forme d'un épais nuage brumeux. Certains soirs, les gens voient flotter des orbes lumineuses dans les airs et les attribuent à Rebecca. Autour de sa tombe de béton, la terre est souvent anormalement froide. Les gens voient parfois leur haleine comme en hiver, même durant les journées d'été les plus étouffantes. Il arrive parfois que les vitres des voitures se couvrent de givre lorsque les véhicules passent devant son lieu de repos. Souvent, des taches de sang frais apparaissent à la surface de la dalle de béton, puis s'estompent quelques instants plus tard. De l'autre côté de la rue se trouve une vieille église abandonnée où l'on a souvent aperçu Rebecca en train d'observer les vivants depuis une fenêtre, à l'étage. Mais elle n'est pas toujours seule : bien des gens affirment avoir vu un chat noir assis sur la dalle et cela, le jour comme la nuit. Lorsqu'on tente de s'en approcher, le chat disparaît soudainement. Certains croient que le fantôme félin attend le moment où Rebecca reviendra pour de bon habiter la plaine.

La dalle de béton se trouve toujours en bordure de Gorge Road. Aller y faire une petite visite après minuit est devenu un rite de passage pour les adolescents de la région. À la fois fascinante et effrayante, cette histoire ne peut plus demeurer inconnue de l'ensemble de la population canadienne.

UNE ENTREPRISE FAMILIALE

Colwood, Colombie-Britannique

La plupart des jeunes cadets qui s'entraînent à la vie militaire craignent par-dessus tout leurs supérieurs. Ce n'est toutefois pas le cas à Hatley Castle, un manoir situé sur l'emplacement de l'ancien collège militaire Royal Roads ayant servi à l'entraînement naval de 1940 à 1995.

Qu'est-ce qui pourrait se révéler plus redoutable qu'un sergent instructeur beuglant des ordres et exigeant à tout moment des pompes? Réponse : la famille qui a construit Hatley Castle et qui y a vécu; cette famille qui est morte de nombreuses années avant l'ouverture du collège militaire; cette famille réunie outre-tombe et plutôt mécontente des nouveaux occupants de sa magnifique demeure.

À une certaine époque, James Dunsmuir est l'homme le plus riche et le plus influent de toute la province de Colombie-Britannique. Il naît en 1851, quand sa mère et son père (qui deviendra l'un des magnats de la houille de l'île de Vancouver) quittent l'Écosse pour s'établir en Colombie-Britannique. James Dunsmuir ne se contente pas de marcher dans les traces de son père. Il devient un industriel puissant et s'engage en politique, occupant successivement les fonctions de premier ministre et de lieutenant-gouverneur de la Colombie-Britannique. Hatley Castle, le manoir qu'il fait construire en 1908 pour sa famille nombreuse, est bâti selon le style seigneurial écossais reflétant ses origines.

« L'argent n'a pas d'importance. Construisez ce que je veux, voilà tout », donne-t-il supposément comme consigne aux entrepreneurs chargés de la construction de sa demeure. Dunsmuir, son épouse Laura et leurs enfants (ils en ont douze, dont neuf passent le cap de la petite enfance) adorent leur maison. On comprend aisément pourquoi.

Le manoir comporte cinquante pièces. Il est érigé sur une terre de six cent quarante acres qui comprend également des fermes, une laiterie moderne et un abattoir. On y trouve aussi un camp de pêche bâti en bordure de la rivière Cowichan qui coule sur la propriété. Les magnifiques jardins sont si vastes et somptueux, que leur entretien nécessite l'embauche d'une centaine de jardiniers. La demeure est donc un endroit qu'il serait difficile de quitter. Les Dunsmuir n'arriveront d'ailleurs jamais à s'en séparer, même au-delà de la mort.

Malgré le luxe dans lequel vit James Dunsmuir, ses derniers jours ne sont pas heureux. L'un de ses deux fils trouve la mort en 1915 lorsque le paquebot *Lusitania* est coulé par un sous-marin allemand. Son autre fils, un alcoolique, quitte la maison pour errer de par le monde en ternissant le nom de la famille. Quant aux filles, elles se marient et s'établissent au loin, menant des vies que Dunsmuir estime frivoles. Ce dernier s'éteint dans son camp de pêche en 1920. Au moment de son décès, il est toujours l'homme le plus riche de la province, mais quelques années plus tard, ses enfants ont dilapidé toute sa fortune. Hatley Castle est vendu au gouvernement en 1940. Personne ne souffre autant que Laura, la veuve de Dunsmuir, durant les années qui s'écoulent entre la mort de ce dernier et sa propre disparition. Laura s'est habituée à sa vie élégante qui lui a donné l'occasion de recevoir des célébrités et des membres de l'aristocratie britannique. Elle sombre dans la dépression, devient gravement malade et s'éteint en 1937.

Peu après la mort de Laura, une servante raconte avoir ressenti un profond malaise alors qu'elle travaillait seule dans la maison. Elle n'a pu se débarrasser de l'impression que quelqu'un l'observait et elle n'était pas capable d'entrer dans certaines pièces.

Lorsque Hatley Castle devient le collège militaire Royal Roads, en 1941, les incidents étranges se multiplient. Les cadets sont souvent envahis par une sensation inconfortable au milieu de la nuit, comme s'ils avaient soudain heurté une toile d'araignée glaciale. Imaginez qu'en vous éveillant, vous apercevez une vieille femme qui vous observe fixement, puis disparaît dans la nuit! De nombreux cadets ont vécu cette expérience et leur description du fantôme correspond parfaitement à celle de Laura Dunsmuir. Tous affirment qu'elle ne semble pas heureuse de voir autant de jeunes hommes habiter chez elle. Une nuit, elle décide d'ailleurs de passer à l'action.

Un cadet agissant à titre d'officier principal de service s'endort, mais il est soudainement réveillé quelques heures plus tard lorsque quelqu'un lui tire la jambe. Il se redresse brusquement et cligne des yeux dans l'obscurité, s'attendant à ce que l'auteur de ce geste soit un supérieur ou un autre cadet. Quelle n'est pas sa surprise! C'est le fantôme de Mme Dunsmuir qui s'emploie à le tirer hors du lit et à le pousser à quitter la maison. Il tente de dégager sa jambe, mais en dépit de sa force et de la petite stature de Mme Dunsmuir, le fantôme s'accroche à lui avec une férocité surnaturelle. Le jeune cadet parvient enfin à se libérer de l'emprise de ses mains mortes et glacées, et Laura Dunsmuir se dissout dans l'air devant ses yeux. Le lendemain matin, lorsque le cadet raconte son angoissante mésaventure, il découvre qu'il ne s'agit pas d'un cas isolé : beaucoup d'autres cadets ont également été attaqués et tirés de leur lit par la veuve défunte.

Bien que Mme Dunsmuir soit sans contredit le fantôme le plus furieux de Hatley Castle, elle n'est pas seule. On a également vu James Dunsmuir flottant entre les murs du sous-sol et entouré d'une vive lumière blanche, ainsi que

Le manoir Hatley Castle

certains des enfants du couple. Le manoir est maintenant un établissement universitaire, et il n'est pas rare que les étudiants qui le fréquentent croisent les fantômes des Dunsmuir. Ceux-ci demeurent sur les lieux, inséparables dans la mort. Étudiants et professeurs n'ont plus qu'à espérer que James Dunsmuir et ses enfants évitent de devenir aussi violents que Laura.

L'HÔPITAL DES MORTS

Inglewood, Alberta

L'empreinte sanglante d'une main imprimée sur une porte, du sang séché agglutiné sur chaque surface d'une pièce et des d'insectes grouillants partout : voilà les horreurs auxquelles a été confrontée une jeune fille anonyme en quête de sensations fortes. Celle-ci s'est introduite tard un soir à l'hôpital Charles Camsel d'Inglewood avec son frère aîné et ses amis. Les lampes de poche dans leurs mains tremblantes ne réussissaient pas à alléger l'atmosphère fantomatique de l'hôpital désaffecté. Après avoir décrit la sinistre scène qui précède, la jeune fille n'a rien pu dire de plus, concluant simplement qu'il y a dans cet horrible immeuble des choses qu'il est préférable de ne pas voir. Elle en fait encore des cauchemars.

Elle n'est pas la seule à mettre en garde les curieux qui seraient tentés de s'aventurer dans l'hôpital abandonné.

D'autres ont signalé que les planchers et les murs du second étage, où se trouvait auparavant le service de chirurgie, sont couverts de vieilles taches de sang. Le quatrième étage était réservé à la psychiatrie. Si vous vous y attardez un moment, vous avez des chances d'entendre des cris, étouffés au début, mais qui vont en s'amplifiant et se rapprochent petit à petit. Si vous parvenez à tenir bon, une ancienne patiente adolescente sortira lentement de l'ombre. Regardez attentivement ses mains et vous comprendrez pourquoi elle crie encore des années après sa mort. Avant son décès, il y a de cela bien des années, elle avait arraché elle-même chacun de ses ongles.

Devant une image aussi effroyable, il est raisonnable d'affirmer que n'importe qui aurait envie de s'enfuir, mais mieux vaut emprunter l'escalier (même si on a entouré les rampes de fil barbelé pour essayer de décourager les intrus). Les ascenseurs qui conduisent à la morgue montent et descendent tout seuls à l'occasion, comme si les esprits des cadavres que l'on y conservait autrefois ne pouvaient reposer tranquilles au sous-sol.

Pourquoi y a-t-il autant de manifestations paranormales à l'hôpital Charles Camsel? Même si l'état de santé de nombreux patients s'y est amélioré au fil des ans, son histoire est jalonnée de secrets sombres et troublants.

Entre les années 1945 et 1967, Charles Camsel est un hôpital expérimental offrant un programme d'ergothérapie à des patients autochtones. On y administre des traitements de choc sans consentement et l'établissement comporte des chambres d'isolement où des patients terrifiés sont laissés seuls dans l'obscurité. On a tout lieu de croire que le personnel, non seulement fait preuve de violence à l'égard des membres de la population autochtone, mais qu'il va même jusqu'à assassiner certains d'entre eux. Et comme si cela ne suffisait pas, la rumeur veut aussi que près de l'ancien jardin du personnel se trouve une fosse commune sans inscription dans laquelle étaient jetés des enfants autochtones.

Rien d'étonnant à ce que les témoignages à propos d'esprits vengeurs qui se manifesteraient à l'hôpital Charles Camsel continuent de circuler. Récemment, un homme, embauché avec son équipe pour nettoyer une partie de l'immeuble durant la nuit, a raconté ce qui lui est arrivé. Les téléphones, abandonnés sur place et n'ayant pas servi depuis plus de vingt ans, ont sonné à plusieurs reprises durant la soirée pendant que les préposés à l'entretien travaillaient. Mais lorsque ceux-ci soulevaient le récepteur pour répondre, il n'y avait aucune tonalité : les lignes n'étaient pas en service. Dans l'une des salles, les préposés à l'entretien ont

L'hôpital Charles Camsell

vu la silhouette d'un jeune enfant se former soudainement sur un fauteuil couvert de poussière. Lorsqu'ils sont entrés au sous-sol, l'ancienne morgue, tous ont éprouvé de la difficulté à respirer, et une coupure sanglante et profonde est subitement apparue sur le dos de la main d'une femme.

Cela a suffi pour que les membres de l'équipe de nettoyage prennent leurs jambes à leur cou et quittent précipitamment l'immeuble. Sautant dans leur véhicule, ils se sont empressés de quitter l'hôpital Charles Camsel qui se dressait, menaçant, derrière eux.

Mais tant que l'hôpital est demeuré visible dans le rétroviseur, le téléphone cellulaire du chef d'équipe n'a cessé de sonner. Lorsqu'il a finalement eu le courage de regarder l'écran de son cellulaire, il a lu le message suivant :

1 appel manqué : Hôpital Charles Camsel.

LE DUEL

St. John's, Terre-Neuve-et-Labrador

À une certaine époque, qui n'est pas si lointaine, la façon honorable pour deux gentilshommes de régler un important différend consistait à se placer debout dos à dos, à faire dix pas chacun de son côté, à se retourner... et à tirer un coup de pistolet sur son adversaire. Plutôt que de recourir aux armes à feu, d'autres préféraient croiser le fer. Mais quelle que soit la méthode utilisée, ces soi-disant duels « d'honneur » se terminaient souvent dans un bain de sang, par la mort et quelquefois par des apparitions historiques.

Le dernier duel sur le sol canadien a eu lieu à St. John's en 1873, mais aucun des deux adversaires n'est mort. En 1826, toutefois, un autre duel qui s'était également tenu à St. John's avait eu une issue fatale et cette mort était si inutile et tragique que le perdant n'a pu se résoudre à quitter les lieux.

Sirotant des grogs au rhum autour d'un feu crépitant par une soirée glaciale à Terre-Neuve, des officiers de l'armée britannique et de la Royal Veteran Company en service à Fort Townshend occupent leur temps libre à parier de l'argent en jouant aux cartes. Parmi les hommes présents se trouvent le capitaine Mark Rudkin et le porte-étendard John Philpot. Malgré le froid mordant qui sévit dehors, l'esprit des deux hommes s'échauffe. Non seulement ils s'affrontent au lansquenet, le jeu de cartes auquel ils s'adonnent ce soir-là, mais ils se disputent également l'affection de la fille d'un homme d'affaires irlandais de St. John's qui habite le village de Quidi Vidi. Cette rivalité a d'ailleurs déjà poussé Philpot, le plus jeune des deux hommes, à insulter Rudkin lors d'un événement public, et à s'excuser de mauvaise grâce par la suite. Le soir de la partie de cartes, il n'y a assurément aucune sympathie entre les deux militaires, et l'alcool et les paris ne contribuent pas à atténuer le mépris qu'ils se vouent mutuellement.

Philpot ne cesse de perdre alors que la chance sourit à Rudkin. Les autres officiers posent leurs cartes sur la table et arrêtent de jouer. Bientôt, il ne reste plus que Philpot, qui continue de perdre, et Rudkin, qui continue de gagner. Philpot tient à terminer sur une note gagnante pour récupérer une partie de ses pertes, la cagnotte ayant atteint presque trois livres, ce qui à l'époque représente une rondelette somme. Rudkin fait la dernière donne, et il se trouve que c'est lui qui l'emporte.

Philpot est sûr que c'est impossible. Il se dit que Rudkin le déteste tellement qu'il a dû tricher. Accusant Rudkin d'avoir faussé la dernière donne, Philpot tente de se saisir de l'argent. Rudkin se moque de lui, nie l'accusation et se dirige vers la porte avec ses gains. Enragé, ivre et aveuglé par sa haine, Philpot jette un verre d'eau au visage de Rudkin.

Rudkin, lui, garde son calme et tente de désamorcer la situation, mais Philpot ne lâche pas prise et continue d'aiguillonner le capitaine. Comme d'autres officiers sont témoins de la scène, et que son honneur et sa réputation se trouvent en jeu, Rudkin provoque Philpot en duel. Ce dernier accepte sans réserve.

Le lendemain, le 30 mars, tôt dans la matinée, les deux hommes se retrouvent à un mille à l'extérieur de la ville, près de Brine's Tavern, à Robinson's Hill. Rudkin s'est calmé et propose d'annuler le duel. Mais Philpot, toujours furieux, persiste à soutenir que Rudkin a triché. Il refuse l'offre du capitaine.

Leurs pistolets chargés, ils se tiennent dos à dos, font dix pas chacun de leur côté, puis se retournent. Philpot tire le premier. Heureusement pour Rudkin, la balle lui frôle seulement le col. Il a maintenant tout le temps voulu et l'occasion parfaite de tirer sur Philpot. Mais il préfère se montrer magnanime. Levant son pistolet au-dessus de sa tête, il tire dans les airs. Le duel se termine sans effusion de sang.

À la place de Philpot, n'importe qui se serait estimé chanceux d'être encore en vie. Mais ce dernier ne voit là qu'une seconde occasion de se débarrasser de son rival, et insiste pour qu'un deuxième tour ait lieu, ce qui est plutôt inhabituel. En effet, traditionnellement, si les adversaires d'un duel survivent au premier tour, l'honneur de chacun est sauf et on juge le différend résolu. Rudkin n'a d'autre choix que d'accepter le défi. Mais cette fois, il n'évite pas délibérément son adversaire. Sa balle atteint la poitrine de Philpot, se logeant profondément dans le poumon droit.

Le porte-étendard tombe à la renverse et rend l'âme peu après avoir touché le sol, victime de sa stupidité et de son entêtement. Par pure coïncidence, il est enterré un premier avril.

Rudkin est accusé de meurtre et un bref procès fait suite à l'accusation. Le public appuie d'abord Philpot, mais en apprenant les multiples tentatives du capitaine pour épargner le jeune militaire, il ne tarde pas à changer d'avis. Le 17 avril, Rudkin est porté hors du tribunal sur les épaules de ses amis et de ses partisans après avoir été déclaré non coupable. On commence alors à entendre d'inquiétants témoignages au sujet de Robinson's Hill, l'endroit où s'est déroulé le duel.

Le jour du duel, déjà, le cheval de Rudkin s'était montré capricieux en se rendant à ce lieu en cette fraîche matinée de mars, comme s'il pouvait pressentir la tragédie qui était sur le point de se jouer. Par la suite, d'autres remarquent le même comportement étrange de la part de leur cheval près de l'endroit où le sang de Philpot s'est répandu. Certains font face à son fantôme qui exhibe un trou sanglant sur la poitrine de son uniforme militaire. On dit qu'il erre dans les rues la nuit près du lieu de sa mort, toujours en colère et perpétuellement en quête d'une revanche. N'a-t-il pas, après tout, été « floué » à plusieurs égards? Non seulement en amour, aux cartes et au duel, mais également lorsque Rudkin a été innocenté de l'accusation de meurtre. Philpot a donc été privé de toute justice posthume. Il est des rancunes qui survivent à la mort.

LA PRINCESSE DE LA MAFIA

Fort Saskatchewan, Alberta

Il y a de cela des années, on a pendu bien des hommes à l'avant-poste de la Police montée du Nord-Ouest à Fort Saskatchewan, mais une seule femme y a été exécutée. C'était en 1923. Florence Lassandro, surnommée « la princesse de la mafia », a subi la peine capitale pour un crime dont elle n'était peut-être pas l'auteure. Elle n'avait que vingt-deux ans.

Florence est en fait la seule femme à avoir été pendue en Alberta. Née en Italie sous le nom de Florence Costanzo, elle est très jeune lorsque sa famille vient s'établir au Canada dans cette province. À l'âge de quinze ans, elle épouse Charles Lassandro.

Charles travaille pour un homme d'affaires du nom d'Emilio Picariello, notamment propriétaire d'une entreprise de crème glacée et de l'hôtel Alberta. Mais ses entreprises légitimes ne représentent qu'une façade dissimulant les activités de contrebande qu'il a mises sur pied. Au début du vingtième siècle, Emilio gagne beaucoup d'argent en faisant passer de l'alcool en douce de l'Alberta, où il peut en acquérir légalement, jusqu'à l'État du Montana.

Charles présente son épouse au patron de la mafia Emilio, ce qui oriente la jeune femme sur une mauvaise pente. Florence obtient le surnom de « princesse de la mafia » en s'employant à gravir les échelons de l'organisation criminelle d'Emilio et en passant elle-même l'alcool en contrebande. Il est possible que, n'ayant pas été très amoureuse de son mari, elle se soit éprise de Steve Picariello, le fils d'Emilio, lui aussi mêlé aux activités de contrebande de son père.

En 1921, au cours d'une poursuite à grande vitesse, Steve est atteint d'une balle tirée par l'agent Steve Lawson, de la Police provinciale de l'Alberta, mais parvient à fuir en Colombie-Britannique. En apprenant qu'on a tiré sur son fils et le croyant mort, Emilio se joint à Florence afin de retrouver l'agent Lawson. Ils l'apostrophent devant sa maison. Une querelle éclate et Lawson est tué d'une balle dans le dos. L'affreuse scène se déroule devant les yeux horrifiés de Pearl, la fillette de neuf ans de Lawson.

Emilio et Florence sont tous deux reconnus coupables du meurtre, bien que celle-ci ait affirmé jusqu'à son dernier jour qu'elle était innocente et que c'était Emilio qui avait tiré sur l'agent Lawson. Même si aucune preuve ne permettait de déterminer qui avait tué le policier, le jury a établi qu'Emilio et Florence étaient tous deux responsables du crime. La princesse de la mafia a donc été pendue le 2 mai 1923, à la prison de Fort Saskatchewan, devant un petit groupe de témoins soigneusement choisis par le bourreau.

Mais Florence a-t-elle vraiment laissé sa vie derrière, ou

a-t-elle trop connu le crime, le sang et l'amour non partagé pour pouvoir quitter ce monde?

Le musée et le site historique de Fort Saskatchewan ont été érigés sur les lieux où la princesse de la mafia a été pendue. Il s'agit aujourd'hui d'un pittoresque village historique comportant huit bâtiments à valeur patrimoniale (dont la maison du directeur de la prison et une partie de celle-ci) décorés de mobilier ancien. L'endroit permet aux visiteurs de découvrir ce qu'était la vie à cette époque bien révolue. Tout au long de l'année, les enfants des écoles ont plaisir à se rendre au musée et au site historique avec leur classe. Mais celui qui s'y attarde après la tombée du jour risque de vivre une expérience du « passé bien révolu » qu'il n'est pas près d'oublier.

On a signalé diverses manifestations étranges : des lumières s'allument et s'éteignent, des objets se déplacent seuls et des visages apparaissent aux fenêtres. Une voyante et médium a visité les lieux et a relevé dans les bâtiments divers endroits inexplicablement froids, des atmosphères lourdes et la présence d'une énergie spirituelle. Une employée du musée a démissionné soudainement, affirmant qu'un fantôme rôdait dans les parages.

Même la conservatrice Kris Nygren, habituellement sceptique, doit admettre que les personnes qui ont vu des choses inquiétantes sur le terrain sont des gens « dignes de foi » et des sources fiables. C'est notamment le cas de Darlene Briere, qui effectue des recherches pour le musée et travaille à titre de bénévole à l'occasion d'activités et d'événements spéciaux. Un soir d'Halloween, elle a participé à l'une de ces activités dans le cadre de laquelle les enfants étaient invités à venir passer la nuit dans le petit village. Alors que tous faisaient une promenade en fin de soirée entre la boutique

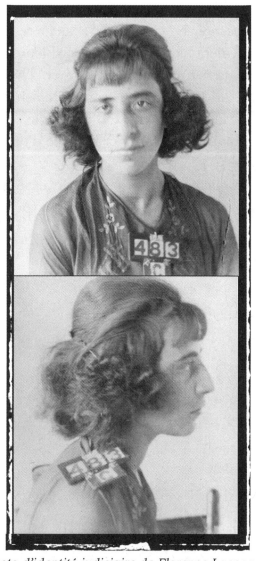

Photo d'identité judiciaire de Florence Lassandro

du forgeron et la prison, Darlene a aperçu un étrange nuage de brume qui se formait dans le boisé éclairé par la lune et a pris quelques photos. En examinant l'une des photos, elle a nettement distingué le visage d'une jeune femme se dessinant dans le brouillard. Elle croit fermement qu'il s'agit du visage de Florence.

Plus tard ce soir-là, après s'être assurée que tous les enfants se trouvaient bien en sécurité sous leurs couvertures, elle a pénétré dans un bâtiment vide et a vu bouger un rideau, comme si quelqu'un se trouvait dissimulé derrière. Tout à coup, le rideau est tombé en tas sur le sol. Darlene l'a soulevé d'une main tremblante et l'espace d'un instant, elle a revu le visage.

Si vous osez visiter l'endroit où la princesse de la mafia a été pendue, peut-être verrez-vous ce visage vous aussi.

L'HOMME EN GRIS

Saskatoon, Saskatchewan

Lorsque vous entrez à l'hôtel Delta Bessborough, au centre-ville de Saskatoon, vous avez tout intérêt à faire attention où vous mettez les pieds. Dans le hall principal, le plancher de marbre comporte une importante fissure. Vous n'aimeriez sans doute pas trébucher à l'endroit où un homme a fait une chute mortelle autrefois.

Achevé en 1932, le Bessborough, ou « Bess », comme on l'appelle affectueusement, n'a ouvert ses portes au public que trois ans plus tard en raison des difficultés économiques associées à la Grande Crise. Conçu à l'image d'une forteresse bavaroise, l'hôtel est réputé pour sa façade imposante rappelant celle d'un château. Il est également bien connu pour la fissure de son parquet et pour le fantôme de l'homme qui l'a sans doute causée en s'y fracassant la tête.

Bien des gens ont vu un homme âgé traversant l'étage

de la salle de banquet tard le soir. Tous les témoignages convergent : grand, mince et élégant, il porte un complet gris et un chapeau mou, très à la mode au cours des années 1930. « L'homme en gris » est toujours agréable, sourit aux passants et leur dit parfois un bonjour discret, mais demeure silencieux par ailleurs. Lorsque des clients de l'hôtel font mention du vieil homme charmant, mais étrangement vêtu qu'ils ont croisé dans le couloir, les employés du Bess sourient et informent leurs interlocuteurs du fait qu'ils ont été salués par un fantôme.

Voilà peut-être ce qu'il y a de plus frappant à propos de l'homme en gris : les clients et les employés s'étonnent de constater à quel point il semble réel, contrairement aux autres fantômes, généralement transparents ou marqués par les blessures qui leur ont coûté la vie.

Une question demeure toutefois en suspens telle la fumée d'une bougie qu'on vient de souffler : l'homme en gris est-il celui qui a provoqué la fissure du plancher de marbre ? C'est ce que semblent croire les membres du personnel du Bess. Ils racontent volontiers l'histoire d'un employé impeccablement vêtu, un homme âgé qui était né dans les années 1930, auquel on a demandé de monter, tard en soirée, à l'un des étages supérieurs afin de régler un problème de bruit dont se plaignaient certains clients. Une fête organisée dans l'une des chambres troublait le sommeil des autres occupants de l'étage. L'employé a donc frappé à la porte et a demandé gentiment aux fêtards de faire moins de bruit. Ceux-ci lui ont tout de suite répondu, non pas avec des mots, mais avec un geste fou : deux hommes l'ont saisi et jeté du balcon du septième étage. Le pauvre homme est mort en se fracassant le crâne et en créant une fissure dans le parquet, au-dessous. Les employés actuels du Bess sont d'avis que le fantôme est

L'hôtel Delta Bessborough

celui de cet homme si gentil qui n'a pas eu de chance et ne faisait pourtant que son travail.

Colin Tranborg, fondateur de l'organisme Paranormal Saskatchewan, a vu l'homme en gris tard un soir et a également entendu un témoignage de première main passionnant d'un groupe de traqueurs de fantômes. Cachés dans un placard au dernier étage de l'hôtel, ceux-ci ont vu un homme qui les observait, dehors, par la fenêtre. Terrifiés, ils se sont demandé comment il se faisait que l'homme ne tombe pas. Il n'y avait tout simplement aucun moyen d'expliquer le phénomène. À moins que l'homme ait déjà fait cette chute mortelle durant les années 1930.

Le Bess héberge aussi d'autres fantômes. Des clients ont dit avoir croisé une femme plutôt perturbée dans l'un des couloirs des étages supérieurs. Elle crie au meurtre lorsque les gens s'en approchent, puis disparaît soudainement. On croit que les esprits de deux jeunes enfants habitent aussi l'une des cages d'escalier, jouant ensemble pour l'éternité.

Mais nul doute que si l'homme en gris demeure le fantôme le plus illustre du Bess, c'est probablement parce qu'il semble heureux. Les gens ont davantage tendance à parler de lui que des autres esprits. Après tout, si vous vous trouviez nez à nez avec un fantôme au beau milieu de la nuit, sans doute préféreriez-vous être accueilli par un « bonjour » plutôt que par un hurlement à glacer le sang.

QUE LE SPECTACLE CONTINUE... À JAMAIS

Dawson City, Yukon

Le territoire du Yukon est mystérieux et sauvage. Au cours des semaines qui précèdent et qui suivent le solstice d'hiver, la capitale, Whitehorse, ne dispose que de cinq heures et demie d'ensoleillement quotidien. C'est une véritable terre promise pour tout ce qui s'anime dans l'obscurité, elle donne la chance aux fantômes, qui détestent la lumière du jour, d'errer à loisir dans les rues pendant plus de dix-huit heures par jour. D'autant plus que la ruée vers l'or du Klondike, à la fin du dix-neuvième siècle, a laissé derrière elle une série de camps de mineurs abandonnés – dont beaucoup sont encore parfaitement préservés aujourd'hui – qui sont devenus des villages fantômes dans tous les sens du terme.

Loin d'être une ville fantôme, Dawson City, dont la

49

population s'établit à environ mille habitants, n'est toutefois plus l'agglomération de quelque quarante mille âmes qu'elle était en 1898. La ruée vers l'or s'est déclenchée en 1896, lorsque trois hommes ont découvert des filons du précieux métal à Bonanza Creek. En l'espace de deux jours, la ville était remplie de mineurs en quête de prospérité et d'entrepreneurs venus profiter de la manne qu'apportait cette explosion démographique. Mais le Yukon est un pays dangereux et l'extraction minière est risquée. De nombreuses personnes ont perdu la vie durant la ruée vers l'or, et souvent de façon violente. Il n'était pas rare que les cadavres soient enterrés dans des tombes non identifiées. On estime qu'un courant sous-jacent d'énergie surnaturelle circule encore aujourd'hui dans la ville en raison du sang versé et des tragédies liées à cette période. À Dawson City, un fantôme en particulier occupe l'avant-scène : il apparaît en proie aux flammes. Il s'agit du fantôme d'une personne qui comptait autrefois parmi les plus célèbres de la ville.

Il n'appartient pas à l'un ou l'autre des écrivains réputés que sont Pierre Berton et Jack London qui ont tous deux vécu à Dawson City. Il n'est nullement associé non plus aux membres de l'équipe de hockey des Nuggets de Dawson City dont les joueurs se sont rendus en 1905 jusqu'à la capitale nationale du pays en bateau, en train et en traîneau à chiens. L'équipe a malheureusement perdu les séries les plus inégales de l'histoire de la Coupe Stanley aux mains des Silver Seven d'Ottawa. Non. Ce fantôme enflammé est celui de Kathleen Rockwell, mieux connue sous le nom de « Klondike Kate ».

Dans sa jeunesse, Kate est un véritable garçon manqué et une fillette à l'esprit libre que les jeux de filles laissent indifférente. Elle est frustrée du peu de débouchés qui existent pour les femmes à la fin des années 1800. La nature rebelle de cette rousse au tempérament fougueux l'empêche de s'établir longtemps au même endroit. Elle se fait expulser de l'école et ne parvient pas à s'introduire comme elle le souhaite dans le monde du spectacle à New York. En 1899, ayant entendu parler de la ruée vers l'or et se disant que les mineurs qui affluent à Dawson City manquent cruellement de divertissements, Kathleen Rockwell se rend au Yukon. La Gendarmerie royale du Canada, s'efforçant de contrôler le nombre de personnes qui se précipitent sur le territoire, lui en refuse l'entrée.

Mais Kate n'est pas femme à se laisser intimider par l'autorité ou par quelque règlement que ce soit. On raconte qu'elle se déguise en garçon et se cache sur un bateau autorisé à naviguer de l'Alaska au Yukon.

Peu après son arrivée à Dawson City, Kate se joint à la troupe du Savoy Theatrical Company et commence à présenter des spectacles tous les jours au Palace Grand Theatre. Sa popularité se répand comme une traînée de poudre, grâce en grande partie à sa célèbre « danse du feu ». Le corps enveloppé de plusieurs mètres de chiffon rouge, elle crée l'illusion d'être en feu au milieu de la scène. Bien vite, tout le monde connaît Klondike Kate. D'autres surnoms, par exemple « la Darling de Dawson », s'ajoutent rapidement à celui-ci. Et Kate n'est certainement pas étrangère au fait que la ville de Dawson City soit devenue le Paris du Nord.

Cette nouvelle réputation de lieu de divertissement, Dawson City l'acquiert également grâce au travail acharné du barman Alexander Pantages, qui achète une salle de spectacle, puis passe au rang des magnats du cinéma. Kate et Pantages deviennent très proches et tout porte à croire que l'étoile de la jeune femme continuera à briller sans jamais perdre de son lustre. Mais la relation du couple se révèle aussi tumultueuse qu'une tempête de neige au Yukon. Pantages laisse Kate au moment même où la ruée vers l'or s'arrête net.

Après quelques années d'activité minière, il ne fait maintenant aucun doute que la région ne recèle pas autant d'or qu'on l'avait espéré. Dawson City voit sa population chuter aussi rapidement qu'elle avait monté. Les quarante mille personnes qui y vivaient en 1898 quittent les lieux du jour au lendemain, ne laissant derrière elles que huit mille résidents en 1899. La population ne compte plus que six cent quinze habitants en 1911. Dawson City est désormais une ville du passé, et bien que le Palace Grand Theatre demeure, il ne reste plus personne pour acclamer Klondike Kate. Elle finit elle aussi par boucler sa valise et poursuivre son chemin. Après une nouvelle série d'essais infructueux pour se tailler une place dans le monde du spectacle, elle vit ses jours en paria et recluse. Elle s'éteint le 21 février 1957.

Mais le spectacle doit continuer. Bien que Kate soit morte aux États-Unis, on dit que son esprit est retourné sur les lieux chéris de ses jours de gloire : le Palace Grand Theatre de Dawson City. On raconte que son fantôme hante toujours son ancienne loge et des gens disent avoir vu un tourbillon d'un rouge flamboyant sur la scène, la nuit, lorsqu'il n'y a âme qui vive dans le théâtre. Régisseuse de plateau au Palace Grand Theatre de 2002 à 2004, Bronwyn Jones estime que la période brève et intense de la ruée vers l'or du Klondike – et la quantité d'événements historiques qui s'y sont produits en si peu de temps – explique en partie la présence de cette énergie spirituelle que l'on sent encore entre les murs des immeubles.

Dawson City est aujourd'hui une destination touristique

de premier plan qui attire chaque année quelque soixante mille visiteurs. Le Palace Grand Theatre présente encore des spectacles qui évoquent le plus souvent la belle époque de l'Ouest. Puis, lorsque chacun rentre chez soi après la dernière représentation de la soirée, Klondike Kate s'empare de la scène et exécute sa danse du feu devant les fauteuils vides.

Klondike Kate

L'OMBRE DE LA CHAMBRE

Iqaluit, Nunavut

Les hivers d'un froid extrême et les trop brefs étés de la ville d'Iqaluit, capitale du Nunavut, empêchent les arbres de pousser. Seules quelques broussailles clairsemées et durcies résistent à cet infernal climat. L'hiver, les températures moyennes se situent entre - 30 °C et - 45 °C. Le hurlement des vents arctiques glace le sang et la peau exposée au froid peut geler en quelques minutes, mais l'ombre d'un homme qui observe les gens pendant qu'ils dorment est encore plus efficace pour leur donner le frisson.

Il y avait autrefois à Iqaluit un complexe de maisons en rangée appelé White Row qui était considéré comme hanté par beaucoup d'anciens locataires. Le complexe entier a été tragiquement détruit par les flammes en 2012 au cours d'un incendie que le chef du service d'incendie de la ville a jugé suspect.

Les chocs, les coups donnés sur les murs et les pas dans les couloirs pourtant déserts étaient monnaie courante, la nuit, à White Row. La plupart des locataires avaient pris le parti de se dire que tous les vieux immeubles produisaient des bruits étranges ou qu'ils étaient l'œuvre du vent, mais d'autres ont pu voir quelle était – ou plutôt *qui* était – la source de ces perturbations inquiétantes.

Un homme, ou plus précisément l'ombre d'un homme, observait les gens, la nuit. C'étaient le plus souvent les enfants et les adolescents qui repéraient sa présence. Imaginez un peu la scène : vous vous croyez seul et l'instant d'après, vous apercevez cette ombre dans l'embrasure de votre porte. Toujours muet, il restait toujours immobile et semblait incapable de passer le seuil des portes ou de pénétrer dans les pièces. Il paraissait avoir pour seul objectif d'observer les vivants durant leur sommeil.

Une jeune fille a dit avoir vu l'ombre de l'homme pour la première fois peu après que sa famille a emménagé à White Row. Il est apparu dans l'embrasure de sa porte alors qu'elle était seule et lui a donné une telle frousse, qu'elle a couru se réfugier dans la chambre de sa sœur. Un soir, alors qu'elle parlait au téléphone à sa cousine, elle a vu du coin de l'œil l'ombre qui l'observait depuis l'obscurité du placard. L'homme est apparu dans sa chambre toutes les nuits, jusqu'à ce que la famille emménage dans une nouvelle maison.

Surmontant ses frayeurs initiales, la jeune fille a dit s'être habituée à l'ombre et avoir appris à vivre avec ce phénomène inexpliqué. À son avis, l'homme ne dégageait pas d'énergie malveillante, même si un sentiment inhabituel précédait souvent ses apparitions. Elle en était même arrivée à croire qu'il était là pour la protéger.

Selon le témoignage de tous ceux qui ont aperçu l'ombre,

l'homme était grand et pâle. Mais la caractéristique la plus déconcertante signalée à son sujet était son cou, cerclé d'une ecchymose d'un violet foncé qui aurait bien pu avoir été produite par une corde. On croit qu'il vivait à White Row et qu'il s'est suicidé quelque part dans l'immeuble, y enfermant ainsi son âme. Le fait qu'il ait été incapable de franchir les portes ou qu'il ait choisi volontairement de ne pas le faire (même en supposant que sa présence ait eu pour but de protéger les gens qu'il observait) ne facilitait pas pour autant le sommeil des résidents.

Une ombre planant près d'une porte de chambre ou un bruit inhabituel à l'intérieur d'un placard sont souvent le fruit de l'imagination… Mais ils s'avèrent parfois être quelque chose d'autre. Quelque chose d'inexplicable.

Quelque chose de bien réel.

CAUCHEMARS HANTÉS

Selkirk, Manitoba

Comme bien des lieux tristement célèbres, St. Andrews on the Red attire une procession constante de traqueurs de fantômes. Des gens y ont eu des visions à donner des frissons d'horreur et ont entendu des bruits surnaturels. Pire encore, nombre d'entre eux témoignent d'un cauchemar répétitif qui les a réveillés chaque nuit durant des semaines à la suite de leur visite à St. Andrews. Dans ce cauchemar, une présence invisible agite si violemment les portes du cimetière qu'elles menacent de sortir de leurs gonds.

Construite entre 1845 et 1849, St. Andrews on the Red, à Selkirk (vingt-deux kilomètres au nord-est de Winnipeg), est la plus ancienne église en pierre du Canada. Son petit cimetière est rempli d'habitants de la région qui ont succombé à des fléaux comme la grippe, la diphtérie, les fièvres typhoïdes et la tuberculose. On y trouve le nom de nombreux notables qui ont marqué l'histoire du Manitoba. Rien d'étonnant à ce que l'endroit constitue un lieu privilégié des manifestations paranormales.

Lorsque la Compagnie de la Baie d'Hudson et la Compagnie du Nord-Ouest fusionnent, en 1820, de nombreux employés partent à la retraite ou perdent leur emploi. Certaines de ces personnes s'installent avec leur famille à l'emplacement où se trouve aujourd'hui Selkirk, le long de la rivière Rouge. L'archidiacre William Cockran y bâtit en 1831 une église de bois dont on voit encore les contours immédiatement derrière l'église de pierre actuelle. En pénétrant dans ce lieu saint, le visiteur est tout de suite frappé par l'histoire dont il est imprégné, ainsi que par son aménagement intérieur, demeuré inchangé depuis 1849.

De vieux arbres noueux projettent des ombres sur le cimetière où sont alignées les tombes en ruine de personnages célèbres : l'archidiacre Cockran, E.H.G.G. Hay, devenu en 1870 le premier dirigeant du parti d'opposition officiel du Manitoba, Alexander Christie, facteur en chef de la Compagnie de la Baie d'Hudson, et le capitaine William Kennedy, un explorateur de l'Arctique à la recherche des membres de l'expédition de Sir John Franklin, disparus en 1851. Quiconque fréquente le paisible lieu de sépulture à la nuit tombée ne tarde pas à constater que cette tranquillité n'est décidément qu'apparente.

Selon les témoignages à donner la chair de poule de ceux qui ont osé s'en approcher tard le soir, un homme en noir et une femme en blanc planent sur le cimetière à une trentaine de centimètres du sol. La rumeur veut que la femme soit décédée durant la construction de l'église et qu'elle apparaisse parfois au balcon durant les offices religieux. Certains ont vu une voiture fantôme sortie de

L'église St. Andrew's on the Red

nulle part apparaître et s'approcher de l'entrée du cimetière. Elle demeure un moment sur place, paraissant être venue chercher ou déposer quelqu'un (vraisemblablement une personne décédée depuis peu), puis disparaît.

Mais la vision la plus étrange et la plus fréquemment signalée dans le cimetière de St. Andrews on the Red est celle de deux yeux rouges dissimulés derrière des pierres tombales ou des arbres, qui observent en silence ceux qui marchent le soir à cet endroit.

Étudiants au programme de communications créatrices du collège Red River, Jenn Twardowski et un camarade ont filmé le cimetière dans le cadre d'un projet scolaire. Malgré la sécurité et le confort que leur assurait la lumière du jour, l'expérience des étudiants s'est révélée déconcertante. Un bruit inexplicable et étrange semblable à celui d'un marteau enfonçant le clou d'un cercueil les a accompagnés durant leur visite. Les étudiants ont été à la fois soulagés et effrayés d'apprendre que tous deux avaient entendu ce bruit inquiétant.

Jenn avait l'intention de capter sur pellicule la présence d'un des esprits, mais heureusement qu'elle ne l'a pas fait : tous ceux qui ont vu l'homme en noir, la femme en blanc, la voiture fantôme ou les yeux rouges ont eu d'horribles cauchemars. Ces terreurs nocturnes s'accompagnent du cliquetis bruyant des portes de l'église. Les uns croient que ces cauchemars sont un appel à l'aide des fantômes qui hantent le lieu de culte. Les autres y voient un sombre présage et un sinistre avertissement de ne plus y remettre les pieds.

LES POUPÉES AUX YEUX SANS VIE

Ottawa, Ontario

Le Musée Bytown ne pourrait se trouver à un endroit plus pittoresque de notre capitale nationale. Situé dans le plus vieil édifice de pierre d'Ottawa, près des écluses en aval du canal Rideau, à la jonction de la rivière des Outaouais, il niche au cœur du centre-ville entre la Colline du Parlement et l'hôtel Château Laurier.

Mais la beauté et le charme du petit musée contrastent radicalement avec les expériences vraiment terrifiantes dont témoignent des visiteurs et des employés. En fait, de nombreux spécialistes des phénomènes paranormaux estiment qu'il s'agit de l'endroit le plus hanté de tout le pays. Quelque chose vit dans les expositions du musée, rôdant furtivement entre les artéfacts et s'emparant des poupées anciennes assises côte à côte en silence pour observer quiconque s'aventure innocemment au deuxième étage.

Construit en 1827 par les militaires britanniques, le bâtiment a servi d'entrepôt et de trésorerie durant la construction du canal Rideau. Au cours des premières années, la mort rôdait sans cesse aux abords de l'immeuble : près de mille ouvriers ont connu une fin atroce dans des accidents de construction ou à la suite de maladies comme la malaria. Ne se laissant toutefois pas décourager par la mort tragique de tant de travailleurs, les militaires ont poursuivi la construction du canal sous la direction du lieutenant-colonel John By afin de défendre la colonie contre d'éventuelles invasions américaines. Le lieutenant-colonel By est mort en 1836, mais d'aucuns croient que son fantôme continue de planer à proximité des eaux calmes du canal Rideau.

Le Musée Bytown abrite aujourd'hui une collection permanente d'artéfacts qui célèbrent l'histoire d'Ottawa. Toutefois, il n'est pas rare que les gens soient envahis par un sentiment désagréable lors de leur visite : à l'étage se trouve une collection de poupées anciennes qui suscite nettement ce sentiment. Si tout est très calme et que vous vous trouvez seul, fermez les yeux et tendez l'oreille. Vous entendrez peut-être les pleurs lointains d'un enfant. En ouvrant les yeux, l'une des poupées vous fera peut-être un clin d'œil, comme si vous étiez victime d'une sinistre plaisanterie. Ceux qui ont entendu ces pleurs et vu le clin d'œil croient que les inquiétantes poupées de porcelaine sont possédées par les esprits des enfants morts.

D'autres visiteurs ont dit avoir été poussés, empoignés, ou être tombés à la renverse alors qu'ils étaient seuls, le plus souvent dans la vieille chambre forte où se trouvait l'argent, ou dans la cage d'escalier. D'autres encore ont entendu une voix furieuse crier « Sortez d'ici! Sortez d'ici! ». Mais la majorité des témoignages de manifestations paranormales proviennent d'employés du musée, et les plus effrayantes semblent se produire le soir, une fois le public sorti.

Après avoir fermé les portes de l'établissement, en fin de journée, une employée constate qu'un homme est assis dans la bibliothèque. Elle lui demande de partir, et il obtempère sans dire un mot, marchant en silence vers la sortie. Quelques secondes après avoir vu l'homme franchir la porte, elle prend conscience du fait qu'elle ne l'avait pas vu entrer au moment où le musée était ouvert, ce qui est impossible dans un bâtiment aussi petit et intime. Elle rouvre donc précipitamment la porte pour lui demander comment il est entré, mais même s'il vient à peine de quitter les lieux et bien qu'elle puisse voir loin dans toutes les directions, il a complètement disparu.

Glen Shackleton, président du conseil d'administration, n'a aucun doute quant au fait que le Musée Bytown soit hanté, et il ne manque pas d'appuyer ses dires de quelques histoires effrayantes. Un soir, lui et trois collègues sont seuls dans l'immeuble. Ils ferment une porte coulissante et celle-ci se met immédiatement à vibrer violemment comme si quelqu'un frappait de l'autre côté. Or, les images de la caméra de sécurité indiquent qu'il n'y avait personne. Dès que les coups frappés contre la porte cessent, ils entendent des pas lourds s'éloigner. Cette rencontre tardive avec une présence invisible pousse les collègues de Glen à se précipiter hors du musée en courant.

Comme bien d'autres, Glen croit que le fantôme qui cause ces perturbations est celui de Duncan McNab. Duncan était gestionnaire des approvisionnements au moment de la construction du canal Rideau. Mais Glen estime également qu'il doit se trouver au moins un autre fantôme important entre les murs du musée. Celui d'une personne ayant joué un rôle beaucoup plus déterminant dans la construction du canal.

Un autre soir, il converse tranquillement avec une employée du musée à propos du fantôme de McNab lorsque l'ordinateur de celle-ci s'éteint inexplicablement. Il se rallume quelques instants plus tard, mais l'affichage habituel n'y apparaît pas. En fait, rien d'autre ne s'affiche à l'écran que les mots « lieutenant-colonel John By » répétés à l'infini. C'est à croire que le colonel lui-même écoute la conversation et qu'il cherche à établir clairement que le fantôme de McNab n'est pas le seul à hanter le Musée Bytown. Apparemment, aucun de ces deux hommes n'est prêt à abandonner l'endroit qui a représenté pour lui le labeur d'une vie.

LE CHAMP DE BATAILLE SANGLANT

Ville de Québec, Québec

Même si elle n'a duré qu'une quinzaine de minutes, la bataille des Plaines d'Abraham figure parmi les plus sanglantes de l'histoire du Canada. On dit que si les pelouses y sont aujourd'hui aussi riches et verdoyantes, c'est grâce aux litres de sang versés en ces lieux par les Anglais et les Français le 13 septembre 1759. En effet, on estime que plus de mille trois cents soldats ont été tués ou blessés au cours de l'affrontement, soit environ trois personnes toutes les deux secondes. Tant de vies perdues de si violente façon en si peu de temps! On ne s'étonnera donc pas que le parc des Champs-de-Bataille, dont le nom commémore cet épisode historique, soit largement considéré comme le lieu le plus hanté au Québec.

La bataille des Plaines d'Abraham s'est déroulée sur un plateau, immédiatement devant l'enceinte de la ville de Québec, sur une terre appartenant à un cultivateur appelé Abraham (d'où le nom de l'emplacement). Bien que les affrontements aient pris fin rapidement, ils représentaient le point culminant d'un siège de trois mois tenu par les Britanniques, et marquaient un moment charnière de l'histoire du Canada. On peut se demander en quoi notre pays, qu'on appelait autrefois la Nouvelle-France, différerait aujourd'hui si les Britanniques avaient perdu la bataille et n'avaient pas pris Québec aux Français.

Il ne faut surtout pas en conclure que les Britanniques n'ont pas souffert au combat. Bien au contraire! On a dénombré presque autant de pertes humaines et de soldats blessés dans chacun des camps et les deux dirigeants, le général britannique James Wolfe et le lieutenant-général français Louis-Joseph de Montcalm, ont succombé à leurs blessures. Plus encore : chacun d'eux a accueilli la Faucheuse comme une vieille amie.

Wolfe est frappé à l'abdomen et à la poitrine par deux coups de feu presque au début de la bataille et s'écroule sur le sol. Entendant un soldat crier « Ils courent! Regardez-les courir! », Wolfe ouvre les yeux et demande qui court. Lorsqu'il apprend que les lignes françaises sont rompues et que les soldats s'enfuient, il pousse un soupir de soulagement et déclare : « Maintenant, que Dieu soit béni, je meurs en paix ». Ce sont ses dernières paroles. Il rend l'âme immédiatement après les avoir prononcées.

Alors que l'armée française bat en retraite, Montcalm est frappé à plusieurs reprises au bas de l'abdomen et à la cuisse. Il parvient à s'échapper, mais meurt des suites de ses blessures tôt le lendemain matin. Lorsque les chirurgiens

Le général James Wolfe

Le lieutenant-général Louis-Joseph de Montcalm

qui ont tenté de lui sauver la vie lui annoncent que c'est peine perdue, Montcalm répond sereinement : « Je m'en réjouis. » Ils ajoutent qu'il ne lui reste que peu de temps à vivre. « Tant mieux, dit-il gravement. Je suis content de ne pas survivre pour assister à la reddition de Québec. » Sa dépouille est enterrée dans un cratère créé par l'explosion d'une bombe, un endroit sinistre qu'il a lui-même choisi.

L'emplacement discret du parc des Champs-de-Bataille, ainsi que les nombreux recoins qu'il comporte en font un lieu tout désigné pour les activités illicites dont les duels, les agressions et même, les exécutions. Ces gestes ignobles ont donné au parc une sombre réputation. On estime que septembre est la période la plus risquée pour le visiter, non pas en raison d'une hausse de la criminalité, mais plutôt parce que les manifestations *paranormales* s'y multiplient.

Par les froides soirées de septembre, en particulier vers le treize, à la date anniversaire des affrontements de 1759, les esprits des soldats tombés au combat se dressent hors du sol autrefois imbibé de sang pour reconstituer la bataille. Les témoignages indiquent qu'une forte odeur de soufre se dégage alors et qu'on entend des tirs de canons. Des fantômes blêmes en uniformes du dix-huitième siècle flottent au-dessus de la plaine, se précipitant constamment à l'intérieur et à l'extérieur des tunnels aménagés sous le parc.

Se pourrait-il que le général Wolfe et le lieutenant-général Montcalm, deux hommes qui ne craignaient pas la mort, quittent leur tombe pour diriger leurs armées spectrales à la date anniversaire du combat? Si vous allez vous promener le jour au parc des Champs-de-Bataille, observez bien l'herbe qui se trouve sous vos pieds. Elle est d'un vert surnaturel, en particulier après le 13 septembre. Et les engrais n'y sont peut-être pour rien.

LES TUNNELS DE LA VILLE FANTÔME

Tranquille, Colombie-Britannique

Quinze minutes à l'ouest du centre-ville de Kamloops, en Colombie-Britannique, au creux d'une vallée des plus pittoresques bordée d'eau, d'arbres et de montagnes, se trouve un village fantôme appelé Tranquille. Une bonne quarantaine de bâtiments subsistent, mais ils sont depuis longtemps tombés en décrépitude. Leurs portes barricadées et leurs fenêtres condamnées donnent à l'endroit un aspect inquiétant et inhospitalier. Même sous le soleil rassurant de la mi-journée, on arrive sans peine à s'imaginer tous les fantômes aperçus dans les parages au fil du temps. Toutefois, si vous pénétrez dans l'un des bâtiments abandonnés du village de Tranquille, les fantômes qui y logent pourraient bien ne pas se trouver derrière vous, mais *sous vos pieds*.

Célèbre pour ses apparitions, l'endroit tient son nom ironique de la rivière Tranquille qui s'écoule dans le lac Kamloops. En raison de l'épidémie de tuberculose qui a sévi au début des années 1900, on a bâti le sanatorium Tranquille en 1907 pour traiter les personnes atteintes de cette maladie. L'établissement s'est rempli si rapidement de patients qu'un village s'est développé tout autour. On y trouvait des demeures, des dortoirs, une école, une cafétéria, un gymnase, une caserne de pompiers, une grande laverie automatique, un cimetière... et même des fermes dotées de leur propre centrale thermique à vapeur. C'est dire à quel point la petite ville était autonome. Toutes ces installations visaient d'ailleurs à limiter dans la mesure du possible ses contacts avec le monde extérieur. Car, autant dire les choses telles qu'elles sont, les gens venaient à Tranquille pour y vivre leurs dernières heures.

Selon les archives officielles, près de mille six cents personnes, principalement des enfants, y sont mortes de la tuberculose. Afin de pouvoir déplacer les dépouilles sans créer d'émoi ou perturber les autres patients, on a construit des tunnels de près de deux kilomètres sous les rues du village. Alors que les villageois vaquaient à leurs occupations à la surface du sol, les chers disparus allaient leur chemin au-dessous.

Après la fermeture du sanatorium Tranquille, au cours des années 1950, l'établissement a changé à quelques reprises de propriétaire (devenant un hôpital psychiatrique, puis un parc d'attractions voué à l'échec, entre autres choses). En 1983, le lieu était complètement abandonné et les bâtiments qui l'entouraient, de plus en plus délabrés. Tranquille est devenu un endroit désolé, hanté par les souvenirs tragiques des événements qui s'y étaient déroulés, ce qui, on pouvait s'y attendre, a fini par susciter un engouement pour la région. Les chercheurs de curiosités, les traqueurs de fantômes et les adolescents en quête d'un endroit à faire dresser les cheveux sur la tête se faufilent dans le village une fois la nuit tombée. Beaucoup d'entre eux sont trop effrayés par les vibrations troublantes qui se dégagent de l'endroit pour sortir de leur voiture, mais les plus braves ont droit à une expérience des plus angoissantes. À une certaine époque, le sanatorium était rempli de fauteuils roulants rongés par la rouille et d'équipement médical souillé. Quant à la salle d'opération, elle était tapissée de taches de sang séchées. L'une des employées qui y travaillaient quand c'était un hôpital psychiatrique a affirmé que tous les membres du personnel et les patients entendaient régulièrement des cris dans les salles vides et de l'agitation dans les lits inoccupés. On entend encore ces bruits dans le bâtiment aujourd'hui. La rumeur veut qu'une infirmière ait été assassinée par un patient il y a longtemps, et l'esprit de celle-ci continuera vraisemblablement d'errer à jamais dans cet endroit.

Mais les lieux les plus effrayants du village demeurent les tunnels obscurs qui serpentent sous la terre. Des gens ont entendu des voix et vu des silhouettes blafardes dans ces sordides profondeurs, comme si les fantômes des cadavres que l'on faisait autrefois circuler sous la terre dans des chariots s'y trouvaient toujours coincés.

Aujourd'hui, ces lieux sont devenus la ferme Tranquille. Les gens qui y travaillent ont récemment fait une découverte insolite en effectuant des fouilles dans les tunnels : près de la morgue où l'on entreposait les cadavres, se trouvent une salle à manger et un salon de coiffure ce qui donne tout son sens à l'expression « faire dresser les cheveux sur la tête »!

À Tranquille, on a droit à deux villages fantômes pour le prix d'un : celui du dessus, et celui du dessous. Toutefois, peu de gens ont suffisamment d'audace pour s'aventurer bien loin dans l'un ou dans l'autre...

UNE ALMA MATER FANTOMATIQUE

St. Thomas, Ontario

Devant des badauds observant la scène avec horreur et l'immortalisant avec leur téléphone mobile, l'imposant et emblématique clocher du collège Alma s'est effondré peu après midi, le 28 mai 2008. L'impressionnante structure gothique a été dévorée par les flammes après que deux adolescents y ont mis le feu. Heureusement, il n'y a eu aucun blessé, le collège étant vide depuis sa fermeture en 1988. Mais on peut se demander ce qui est advenu des âmes tourmentées qui hantaient le bâtiment lorsque les flammes l'ont réduit en cendres.

Le fantôme le plus connu du collège Alma flottait dans ses murs depuis près d'un siècle. Le pensionnat pour jeunes filles construit en 1878 se spécialisait dans l'enseignement de la littérature, des arts et de la musique et les élèves venaient de tous les coins du monde pour y faire leurs études.

Elissa Lyman a étudié au collège de 1983 à 1986. Comme elle habitait à proximité, elle ne couchait pas au dortoir comme tant d'autres de ses compagnes de classe. Elle se rappelle non sans un malaise les jours où, lorsque le temps était trop mauvais pour rentrer à la maison en voiture à la fin de la journée, elle se voyait forcée de dormir sur place. Les nuits passées au dortoir étaient souvent agitées et son sommeil était tourmenté par les bruits bizarres qui remplissaient les lieux. Elissa ne pouvait les expliquer que par la présence d'Angela, l'esprit que les filles surnommaient à voix basse « le fantôme d'Alma ».

Les renseignements qui se rattachent à Angela sont un peu vagues et les témoignages varient, mais une enseignante à la retraite a confirmé que les professeurs et le personnel ont vu son fantôme errer dès 1930 dans le bâtiment aux allures de château. Selon la plupart des gens, Angela enseignait le piano, bien que d'autres disent qu'elle était responsable de la surveillance (et qu'elle avait pour tâche de s'assurer que les jeunes filles se comportaient correctement et de patrouiller dans les couloirs après le couvre-feu). Mais quel que soit le poste occupé par Angela au collège, tous s'entendent pour dire que c'était une femme méchante, désagréable avec les élèves et que personne n'aimait.

À en croire la légende, un groupe d'adolescentes aurait décidé de faire une blague à Angela, histoire de lui rendre la monnaie de sa pièce. Les femmes l'auraient enfermée dans un placard où elles l'auraient laissée toute la nuit, sans s'attendre à ce que cette « plaisanterie » ait des conséquences aussi désastreuses. Le placard était trop exigu et hermétiquement fermé, si bien qu'Angela n'a pas tardé à manquer d'air. On l'a trouvée morte par asphyxie le lendemain matin.

Peu de temps après, on a vu son fantôme à l'endroit surnommé la Tour d'ivoire, l'une des deux cages d'escalier qui mènent à une salle d'entreposage à l'extrémité sud de l'étage. Selon certains témoignages, si l'on patiente assez longtemps seul dans la Tour d'ivoire, on la voit descendre l'escalier. Ceux qui n'ont pas eu ce courage ont tout de même entendu ses pas. Les murs de la Tour d'ivoire n'affichaient aucune inscription alors que ceux du second escalier portaient la signature de générations d'écolières, ce qui est particulièrement révélateur : personne n'osait apparemment écrire sur les murs du lieu où logeait Angela.

Plusieurs années après la fermeture du collège Alma, alors qu'il commençait même à tomber en décrépitude, un groupe de chasseurs de fantômes intrépides s'est introduit dans son enceinte et s'est faufilé dans les couloirs poussiéreux. Les traqueurs ont gravi l'escalier malgré ses craquements jusqu'au sommet de la Tour d'ivoire. Une fois là-haut, l'un des membres les plus audacieux du groupe a frappé contre le mur. Quelqu'un a frappé en retour de l'autre côté du mur.

« Est-ce Angela? » a demandé le traqueur de fantômes.

« Oui », a répondu une voix très faible.

Comme il s'agissait du genre d'expérience que le groupe espérait vivre, personne ne s'est enfui en courant. Les membres ont également remarqué que même si Angela avait eu de son vivant la réputation d'être une femme méchante, son fantôme ne leur a pas communiqué de mauvaises vibrations. Peut-être était-elle demeurée ici pour expier ses péchés et se racheter pour les mauvais traitements qu'elle avait infligés à ses jeunes élèves? Peut-être était-elle pour ainsi dire devenue une nouvelle femme?

Cette impression de paix qu'Angela avait laissée au

groupe ne valait cependant pas pour le reste du collège. Le groupe s'est constamment senti indésirable et entouré d'une énergie obscure et malveillante qu'il a attribuée à plusieurs fantômes, certains vieux, mais la plupart jeunes. De prime abord, les esprits n'ont semblé manifester qu'une simple curiosité à l'égard des intrus. Dans l'escalier principal, des voix ont lancé : « Qui êtes-vous? » et « Pourquoi êtes-vous ici? » Dans la bibliothèque, un jeune enfant a innocemment pris la main du chef d'équipe. Mais plus les traqueurs s'attardaient sur les lieux, plus les esprits devenaient agités et contrariés.

Au sous-sol, les membres du groupe ont vu des objets qui se déplaçaient seuls et ont entendu une voix leur dire de partir tout de suite. Passant outre à ce conseil, ils sont montés dans le vieux dortoir où, si l'on en croit la légende, les jeunes filles qui avaient tué Angela passaient leurs nuits. Selon les visiteurs, la salle constituait un lieu propice

L'escalier menant au rez-de-chaussée et au sous-sol

aux entités sombres, qui à leur avis étaient toutes des adolescentes. Le groupe a utilisé un enregistreur numérique et en écoutant l'enregistrement, il a constaté que tant de voix se chevauchaient qu'une grande partie des propos tenus demeuraient incompréhensibles. Mais les mots qui dominaient le chahut étaient orduriers, violents et menaçants. Prudence est mère de sûreté. Les intrus ont dû se méfier, car les adolescentes mortes ont tenté à plusieurs reprises de les pousser et de les faire tomber dans les escaliers.

Aujourd'hui, outre quelques briques cassées et des branches calcinées, plus rien ne reste de l'emplacement où se dressait autrefois fièrement le collège Alma. Même s'il ne vous sera jamais donné de gravir l'escalier de la Tour d'ivoire et de demander à Angela si elle est toujours là, ou de braver les dangers du dortoir hanté, on dit que les fantômes du collège errent encore parmi les décombres du majestueux immeuble. La devise du collège Alma trouve ici toute sa pertinence :

Nous sommes loin de vous
et votre présence nous manque.
À jamais fidèles

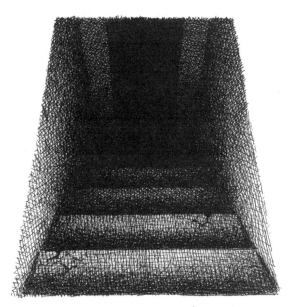

LA CHAUDIÈRE

Edmonton, Alberta

On s'attendrait à ce qu'une sordide histoire de meurtre et de fantôme installé à demeure ait tendance à nuire à la bonne marche des affaires d'un hôtel, mais dans le cas de La Bohème, à Edmonton, c'est le contraire. Chaque Halloween, l'endroit se remplit de clients espérant entrevoir le spectre qui a terrorisé tant de gens au fil des ans.

Construit en 1912, l'hôtel La Bohème était à l'origine un immeuble d'appartements de luxe garni de boutiques au rez-de-chaussée, avant d'être transformé en gîte touristique en 1982. L'histoire du meurtre qui s'y est produit à cette époque est si horrible, si macabre, que les personnes au cœur sensible feraient mieux d'interrompre ici leur lecture.

Vous êtes toujours là?

D'accord. Mais je vous ai prévenus.

Voici la légende que vous raconteront volontiers Mike

Comeau, copropriétaire et concierge de l'endroit, de même que ses clients traqueurs de fantômes. Le premier concierge a assassiné sa conjointe à l'étage supérieur de l'immeuble et traîné son cadavre par les pieds dans trois escaliers. Puis, une fois parvenu aux profondeurs glauques et obscures du sous-sol, il a jeté le corps dans la chaudière. Mais pour qu'il entre dans la chambre de combustion, il a dû le couper en morceaux.

Depuis, les gens qui fréquentent l'immeuble vivent des expériences terrifiantes. Des clients sont réveillés au milieu de la nuit par les bruits sourds d'une tête qui heurte une à une les marches de l'escalier. Ils se précipitent alors dans le couloir, allument et constatent... qu'il n'y a rien dans l'escalier.

Larry Finnson, homme d'affaires et client assidu de La Bohème, a éprouvé un soir une frayeur peu commune. Alors

La chaudière de La Bohème

qu'il logeait dans la Suite 7, la chambre la plus hantée, il s'est réveillé en s'apercevant que son lit ne touchait plus le sol et qu'il lévitait.

Le fantôme de la femme assassinée a également ennuyé le personnel du gîte touristique. Une employée était seule à faire la lessive au sous-sol près de la chaufferie où se trouve la chaudière lorsqu'elle a été empoignée par-derrière. Mike Comeau affirme que la femme a eu si peur, qu'elle s'est précipitée dans l'escalier en hurlant et qu'elle est sortie de l'immeuble pour ne plus jamais y revenir.

Si vous parcourez le livre d'invités de La Bohème, vous trouverez d'autres témoignages surnaturels des clients à jamais gravés dans l'histoire des lieux. Par exemple, celui du couple qui raconte avoir vu une nuit dans un placard une femme magnifique dont les pieds avaient été sectionnés.

Étant donné l'utilisation qu'en a faite l'ancien concierge selon les récits entendus, peut-être serez-vous étonnés d'apprendre que la chaudière d'origine chauffe encore l'immeuble aujourd'hui. Si vous logez à La Bohème, elle vous tiendra bien au chaud toute la nuit, même lorsque votre sang se glacera dans vos veines.

UN REPAS AVEC LES MORTS

Halifax, Nouvelle-Écosse

Trônant à l'intersection grouillante des rues Carmichael et Argyle, le restaurant Five Fishermen compte parmi les plus occupés d'Halifax. Mais il ne s'anime pas seulement durant les heures d'ouverture : certains clients souhaitent en effet s'attarder dans l'établissement après sa fermeture. Ce genre de clientèle n'est toutefois pas très exigeante à l'égard du personnel. Elle ne mange rien et disparaît généralement lorsqu'on s'en approche.

Au moment de sa construction en 1817, l'immeuble de brique et de bois abrite une modeste école avant de devenir la Victoria School of Art. L'établissement à vocation artistique est dirigé par Anna Leonowens, l'ancienne gouvernante des enfants du roi de Siam dont l'histoire est devenue célèbre grâce au film musical *Le Roi et moi*. Malgré cette heure de gloire, l'école ferme ses portes à la fin des années 1800, et l'immeuble devient encore plus célèbre – *tristement* célèbre, cela s'entend.

En 1883, il devient la maison funéraire John Snow & Co, plantant en quelque sorte le décor de son morbide destin.

Le 14 avril 1912, le RMS *Titanic* heurte un iceberg au cours de son voyage inaugural entre la Grande-Bretagne et la ville de New York. Un peu moins de trois heures plus tard, il sombre dans l'Atlantique Nord, à six cents kilomètres au sud de Terre-Neuve. Le *Titanic* est alors le plus gros navire à flot et ses passagers comptent parmi les plus riches au monde. Le naufrage du paquebot est l'une des catastrophes maritimes les plus meurtrières de l'histoire moderne. Quelque mille cinq cents passagers perdent la vie. Comme le port continental d'Halifax est le plus proche, il sert de base principale pour la conduite des opérations de sauvetage et les corps sont pour la plupart transportés à la maison funéraire John Snow & Co.

À peine cinq ans plus tard, encore sous le choc du naufrage du *Titanic*, la Nouvelle-Écosse subit une autre tragédie effroyable : l'explosion d'Halifax. Le 6 décembre 1917, un cargo français chargé d'explosifs utilisés pour la guerre heurte un autre navire à proximité du port d'Halifax. Vingt minutes plus tard, le cargo prend feu, provoquant la plus importante explosion d'origine humaine à survenir avant la création des armes atomiques. La déflagration décime un quartier complet du centre-ville d'Halifax et les débris projetés, l'écroulement des édifices et les incendies qui éclatent alors font quelque deux mille morts et neuf mille blessés. Cette fois encore, la maison funéraire John Snow & Co est grandement sollicitée.

Ayant constitué la destination finale d'un tel nombre de victimes des deux principales catastrophes à avoir frappé le monde moderne, la maison funéraire dégage il va sans dire une énergie inexplicable que les gens ressentent dès qu'ils y pénètrent. Mais en 1975, l'établissement change de nouveau de vocation pour devenir le restaurant Five Fishermen. Les clients qui ne connaissent pas cette histoire s'étonnent souvent de recevoir un accompagnement de terreur avec leur foie gras.

Les histoires effrayantes dont témoignent les employés du restaurant sont si nombreuses, qu'elles pourraient à elles seules faire l'objet d'un livre. Ils sont à ce point habitués aux esprits avec lesquels ils travaillent qu'ils ne sourcillent même plus lorsque des verres s'envolent des étagères, que les robinets s'ouvrent et se referment ou que les couverts se soulèvent sur les tables et retombent par terre. Il n'est pas rare non plus qu'ils entendent leur nom chuchoté à leur oreille lorsqu'ils sont seuls. Alerté par une dispute entre un homme et une femme, un employé entre un jour précipitamment dans une salle privée appelée « Les quartiers du capitaine » et constate que la pièce est vide. Alors qu'ils ferment le restaurant à la fin de la journée, des serveurs voient apparaître une forme brumeuse et grise flottant vers le bas de l'escalier et se dirigeant vers la cuisine. Autre apparition, plus déconcertante encore : une serveuse entend frapper à l'une des fenêtres du deuxième étage, ce qui est particulièrement étrange puisque rien ne permet d'atteindre cette fenêtre depuis le rez-de-chaussée. Lorsqu'elle s'approche pour voir ce qui a produit ce bruit, elle aperçoit la même forme grise et brumeuse planant dans les airs à l'extérieur.

Et n'oublions pas l'homme âgé, grand et aux longs cheveux gris, vêtu d'un pardessus noir d'une autre époque. Il est vu à quelques reprises, en particulier par un jeune homme dont la tâche consiste à préparer le buffet à salades avant l'achalandage du souper. Par une chaude journée d'été, le jeune homme transporte des cageots de légumes vers le buffet lorsqu'il entend un grand fracas à proximité. Sans trop savoir ce qui peut provoquer ce tapage – il est seul à ce moment à l'intérieur du restaurant –, il pose le cageot de légumes par terre et inspecte la zone où se trouvent les tables. Il aperçoit par terre un cendrier cassé et s'accroupit pour l'examiner. En se relevant, il se trouve par hasard en face du miroir, dans lequel il aperçoit le vieil homme au long manteau noir qui s'approche derrière lui. Laissant échapper le cendrier, l'employé se retourne brusquement, mais l'homme à la chevelure grise a disparu.

Vous aurez peut-être remarqué que le fil conducteur de tous ces récits est que les manifestations paranormales ne se produisent que lorsque les clients sont absents du restaurant. Mais ce n'est pas toujours le cas.

La maison funéraire John Snow & Co, deuxième immeuble à partir de la droite. Des cercueils pour les victimes de l'explosion d'Halifax sont empilés à l'extérieur.

Un soir, un groupe de personnes tente d'expédier un message texte depuis leur table, mais un seul mot – qu'aucun membre du groupe n'a écrit – est envoyé au destinataire du message : MORT.

Au cours d'une autre soirée particulièrement occupée, l'hôtesse accompagne un couple jusqu'à sa table. Alors qu'ils traversent la salle à manger, elle sent tout à coup quelque chose la frapper au visage, mais comme elle ne voit pas de quoi il peut s'agir, elle met l'anecdote sur le compte de son imagination. Après avoir invité les clients à s'asseoir, l'hôtesse revient vers l'entrée du restaurant, où le maître d'hôtel la regarde d'un air grave et lui demande à voix basse ce qui est arrivé à son visage.

La joue de l'hôtesse porte en effet une empreinte de main rouge comme si une personne en colère l'avait giflée.

QUAND HOCKEY ET HORREUR FONT ÉQUIPE

Toronto, Ontario

Par une belle et joyeuse journée d'été, un jeune garçon effectue une visite guidée du Temple de la renommée du hockey en compagnie d'un groupe d'adultes. Tout comme les trois cent mille visiteurs qui franchissent chaque année les portes du célèbre établissement, le garçon s'attarde devant les vitrines des légendes du hockey, dont Maurice « Rocket » Richard et Wayne Gretzky. Il s'amuse aussi à mettre ses compétences à l'épreuve dans la section des jeux interactifs et s'émerveille en examinant de près la coupe Stanley.

Soudain, en passant devant l'une des vitrines, il s'arrête net. Sa pose rigide et ses yeux écarquillés paraissent tellement étranges et déplacés en pareil endroit, que les adultes qui l'entourent se demandent ce qui peut bien lui arriver. Il tend alors une main tremblante vers un mur vide.

– Qu'est-ce qu'il y a? lui demande-t-on.

– Vous ne la voyez pas? ne cesse-t-il de crier. Vous ne la voyez pas? Vous ne la voyez pas?

Mais il n'y a personne.

– Voir qui? demandent les adultes, inquiets.

Jane Rodney, alors coordonnatrice des services du centre de ressources, dit que le garçon aurait vu une femme aux longs cheveux noirs traverser le mur à plusieurs reprises comme si elle le mettait au défi de détourner son regard.

La description correspond à celle de Dorothea « Dorothy » Mae Elliott, fantôme à demeure du Temple de la renommée du hockey. Le garçon est l'une des deux personnes qui ont vu le fantôme de Dorothy, mais de nombreuses autres ont vécu des expériences terrifiantes et ont été les témoins de manifestations paranormales à l'intérieur de l'immeuble depuis 1953, l'année où Dorothy est morte dans les toilettes des femmes en se tirant une balle.

Avant l'ouverture du Temple de la renommée en 1993, le majestueux bâtiment qui se distingue parmi les gratte-ciels contemporains abrite une succursale de la Banque de Montréal pendant une centaine d'années. Caissière à la banque, Dorothy est, de l'avis de ses collègues, jolie, sociable et très populaire. Mais à la banque, le bruit court qu'elle dissimule un sombre secret. Elle a apparemment une aventure avec un homme marié et il s'agit soit d'un autre caissier, soit de l'un des dirigeants de la succursale. Peut-être est-ce cette situation qui l'a poussée à s'enlever la vie...

Le jour du drame, lorsque la collègue de Dorothy, Doreen Bracken, arrive à 8 heures, elle est étonnée de trouver Dorothy déjà au travail, l'air exténué, négligé et déprimé. À 9 heures, une autre employée se met à hurler du balcon du deuxième étage. Doreen et d'autres se précipitent en haut et trouvent Dorothy effondrée sur le plancher des toilettes des femmes, baignant dans une mare de sang qui s'étend rapidement autour d'elle. Près de son corps gît le revolver de la banque, un calibre .38 dont les caissiers doivent se servir en cas de vol.

Peu après cet événement, les employés de la banque se mettent à voir l'esprit de Dorothy s'attarder sur les lieux. Les femmes refusent d'utiliser les toilettes du deuxième étage. Elles y sentent une présence inquiétante et ont l'impression

L'avis paru dans le Toronto Daily Star, le 13 mars 1953, relatant la mort tragique de la caissière, Dorothy.

qu'on les épie. La direction finit par céder et fait construire de nouvelles toilettes au sous-sol, mais les phénomènes inexplicables persistent. Les lumières s'allument et s'éteignent; des objets apparaissent et disparaissent mystérieusement; les portes et les fenêtres verrouillées s'ouvrent tout à coup toutes seules.

Les employés des services de nettoyage de l'immeuble ont ressenti les frayeurs les plus atroces lorsqu'ils travaillaient seuls durant le quart de nuit. Quand tout était sombre et tranquille, des pas faisaient craquer le plancher, au-dessus de leur tête. Des gémissements et des hurlements retentissaient du deuxième étage et certains ont senti les mains d'un fantôme les saisir et les pousser par-derrière.

Quand il supervisait encore les événements spéciaux du Temple de la renommée du hockey, Rob Hynes a été témoin d'une manifestation qu'il n'oubliera jamais. Tôt un matin, il était dans l'immeuble en train de préparer un événement. Tout à coup, il a eu l'étrange impression que quelqu'un l'observait. Cette sensation bizarre l'a poussé à se diriger vers une salle complètement obscure du deuxième étage où le sentiment insolite était particulièrement fort. Ce qu'il a vu à l'intérieur de la pièce était aussi inattendu que terrifiant : une chaise tournait sur elle-même comme si elle se trouvait au milieu d'un mini-cyclone. Soudain, glissant vers lui, la chaise s'est déplacée jusqu'à sa main. Même si Rob Hynes ne croit pas aux fantômes, il s'est empressé de quitter la pièce.

Outre le jeune garçon, l'autre personne à avoir vu clairement le fantôme de Dorothy est Joanna Jordan, une musicienne de Toronto. On lui avait demandé de jouer de la harpe dans le grand hall à l'occasion d'un événement particulier. Elle ignorait que l'immeuble était hanté et a été épouvantée lorsqu'en levant la tête, elle a aperçu le fantôme de Dorothy planant juste sous le plafond du deuxième étage et la fixant intensément. Aujourd'hui encore, Joanna se rappelle cette image aussi nettement que le jour où elle lui est apparue. La musicienne est retournée quelques années plus tard au Temple de la renommée du hockey, mais elle n'a pas eu le courage de lever les yeux vers le plafond du deuxième étage.

Notre sport national est souvent brutal, et les bagarres, les mises en échec et les cogneurs ne manquent pas. Et le fantôme qui hante les lieux se montre à la hauteur, c'est le moins qu'on puisse dire. Sa présence vous glace davantage que quelques heures passées dehors à jouer au hockey sur un étang au mois de janvier.

LE GARÇON DU SOUS-SOL

New Westminster, Colombie-Britannique

L'école se veut un lieu d'apprentissage, un endroit où les enfants se sentent en sécurité, un milieu propice à la croissance. Ce n'est pas censé être un endroit où, au sous-sol, un garçon revit perpétuellement sa mort.

Mais l'école secondaire de New Westminster fait exception à la règle : son histoire morbide remonte à sa construction. Du milieu à la fin des années 1800, l'emplacement sur lequel elle se trouve érigée a servi de cimetière aux groupes marginalisés de l'époque dont les pionniers chinois, les membres des populations autochtones, les criminels et les personnes atteintes de maladie mentale. L'école a été construite en 1949. On a constaté la présence du cimetière lorsqu'un bulldozer a déterré un cercueil non identifié, mais on a poursuivi la construction de l'école sans tenir compte de la macabre découverte.

L'établissement jouit aujourd'hui d'une bonne réputation pour la qualité de ses programmes et compte parmi les plus grandes écoles secondaires de Colombie-Britannique. On y trouve notamment de nombreuses installations sportives : quatre gymnases, un terrain de football, deux terrains de soccer, une patinoire, une salle d'entraînement et un parc de planches à roulettes. Cependant, l'existence d'une piscine est débattue. Certains disent qu'elle n'a jamais existé, d'autres sont d'avis qu'elle se trouvait au sous-sol lorsque l'école a ouvert ses portes, mais qu'on l'a condamnée en y coulant du béton. D'autres encore estiment qu'il s'agit d'une « légende urbaine » de l'école. Mais quoi qu'en pensent les résidents de New Westminster, s'il est une chose dont conviennent presque tous les anciens élèves, c'est qu'il émane du bâtiment d'inquiétantes vibrations, en particulier au sous-sol.

Des témoignages indiquent qu'un élève s'est noyé dans la piscine au début des années 1970 et qu'on a condamné celle-ci quelques années plus tard par mesure de sécurité. Toutefois, avant que la piscine ne ferme, les agents de sécurité ont vu régulièrement, durant leurs rondes de nuit, un garçon flottant sur le ventre. Le temps qu'ils se tournent pour saisir une perche ou appeler du renfort, le garçon avait disparu et l'eau était parfaitement calme. Les témoignages de ces agents semblent confirmer l'existence d'une piscine à une certaine période de l'histoire de l'école.

Les agents ont également fait état de manifestations paranormales de même nature sur le terrain de tir à l'arc, également situé au sous-sol. On dit qu'un homme y aurait tiré des flèches fantômes et qu'il aurait disparu quand on se serait approché de lui.

Il semble qu'un autre élève ait trouvé la mort au cours des années 1980 dans l'atelier de menuiserie qui, contrairement à la piscine, est encore utilisé à l'heure actuelle. Personne n'a signalé être arrivé nez à nez avec l'esprit de ce garçon, mais les gardiens de nuit l'ont repéré sur les écrans des caméras de sécurité. Lorsqu'ils se précipitent vers l'atelier, le garçon n'y est plus.

Même la salle de musique n'est pas à l'abri des manifestations paranormales : les caméras de l'école y ont capté des orbes lumineux planant dans les airs dont on ne parvient pas à expliquer la provenance.

Certains croient que les témoignages de décès à l'école ont été inventés, au même titre que l'existence de la piscine au sous-sol. S'ils ont raison, il se peut que les apparitions fantomatiques signalées à l'école secondaire de New Westminster au fil des ans soient attribuables aux ossements laissés sans ménagement épars dans la terre sous les fondations de l'immeuble.

LA DAME EN BLEU

Peggy's Cove, Nouvelle-Écosse

L'ensorcelante beauté de l'océan n'a d'égal que les dangers qu'il recèle. Les inconditionnels des fantômes sont nombreux à croire que quiconque périt par l'eau connaît une fin tellement traumatisante qu'il lui est difficile de quitter les lieux et de trouver la paix. Et lorsque cette personne se jette délibérément dans les profondeurs de la mer bleue, la probabilité de la voir hanter cette zone est d'autant plus grande. Une légende issue de l'une des destinations touristiques les plus prisées de la région canadienne de l'Atlantique vient appuyer cette croyance.

Situé à quarante-quatre kilomètres au sud-ouest d'Halifax, Peggy's Cove est un petit village de pêche connu pour son extraordinaire beauté, ses maisons pittoresques et le phare de Peggy's Point, l'une des images les plus emblématiques du Canada. L'adoption de lois rigoureuses sur l'utilisation des terres a permis de préserver l'atmosphère idyllique de Peggy's Cove, empêchant la croissance immobilière effrénée et limitant la population à quelque six cents personnes. Bien que les habitants du village pratiquent encore la pêche au homard, le tourisme a supplanté celle-ci, sur le plan économique, au sein de la communauté. Les touristes viennent voir les bateaux, les casiers à homards et l'illustre phare, mais doivent souvent faire face à un phénomène auquel ils ne s'attendent pas : la dame en bleu, une créature éthérée marchant sur le rivage. Il s'agit d'une vision si triste qu'en l'apercevant, le sang se glace dans les veines.

Quelques légendes sont apparues pour expliquer son existence. Selon la plus populaire, une femme nommée Margaret vivait dans la région durant les années 1700, alors que celle-ci ne s'appelait pas encore Peggy's Cove. Comme on ne possède aucun renseignement sur le nom du village, certains estiment qu'il provient de St. Margaret's Bay (« Peggy » étant un surnom pour Margaret), un village voisin que Samuel de Champlain avait baptisé ainsi en hommage à sa mère, Marguerite. D'autres pensent que le nom s'inspire plutôt de Margaret, la dame en bleu, dont on dit qu'elle a été la seule survivante d'un naufrage survenu en 1800. Tous ceux qui se trouvaient à bord, dont ses jeunes enfants, auraient péri alors qu'elle aurait été épargnée. Parcourant la côte durant des jours entiers, sa robe bleue battant au vent et les yeux fixés sur l'Atlantique, elle ne se doutait pas, en scrutant l'océan, que la mort continuait de l'observer.

Son second mari, souhaitant voir son épouse guérir de sa dépression, la rejoint un jour sur la berge rocheuse. Debout devant elle, il se met à danser la gigue, espérant amuser un peu Margaret, voire la faire sourire ou rire. Mais son pied

Le phare de Peggy's Cove

glisse : il tombe, se fracasse la tête contre les rochers et s'éteint rapidement, baignant dans son sang.

La douleur que lui causent ces deux tragédies consécutives se révèle trop cruelle pour la pauvre Margaret. Peu après la mort de son époux, on la voit marcher dans la mer... pour ne plus jamais en ressortir.

Enfin, pour ne plus en ressortir vivante.

Le fantôme de Margaret – ou de Peggy of the Cove, comme on l'a surnommée – est devenu un résident permanent du petit village de pêche. Depuis la construction du phare en 1868, on a vu la dame en bleue arpenter inlassablement la grève au pied des rochers. Les uns disent qu'elle semble sur le point de sauter dans l'Atlantique, les autres affirment qu'elle leur a parlé doucement, mais tous s'entendent sur un point : son fantôme n'est ni menaçant, ni effrayant, mais il est profondément triste. À l'image de ces vagues bleues et froides qui viennent infatigablement heurter les rochers, l'âme de Margaret n'abandonnera jamais la recherche de ses proches disparus.

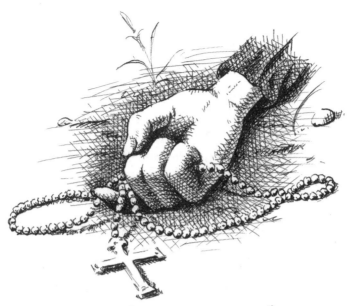

L'HÔTEL HANTÉ

Victoria, Colombie-Britannique

Si vous passez la nuit à l'hôtel Fairmont Empress, il y a fort à parier que vous aurez de la compagnie. Des invités inattendus – ceux qui traversent les portes et à qui il n'est pas nécessaire d'ouvrir – ont pour habitude de hanter les couloirs et les chambres à coucher du grand hôtel.

L'Empress, qui comporte près de cinq cents chambres, donne sur l'arrière-port de Victoria. Sa présence imposante impressionne à coup sûr et fait de lui l'un des plus anciens et des plus célèbres hôtels de Colombie-Britannique. Depuis son ouverture en 1908, il a accueilli des rois, des reines, des vedettes de cinéma et d'autres personnalités, dont l'auteur du *Livre de la jungle*, Rudyard Kipling. Le fait que certains ne souhaitent pas quitter les lieux, même lorsque leur corps se trouve dégagé de tout lien terrestre, n'a rien d'étonnant.

Le fantôme qui hante l'Empress depuis la plus longue

période est vraisemblablement le menuisier. On dit que l'ouvrier s'est pendu aux chevrons de l'aile ouest durant la construction de l'hôtel deux ans avant son ouverture. Depuis que l'établissement a ouvert ses portes au public, on ne compte plus les témoignages selon lesquels on aurait vu se balancer du toit un homme aux yeux exorbités avec une épaisse corde lui sciant le cou. On ignore les motifs du suicide du menuisier, mais si vous traversez l'aile ouest tard le soir, évitez de lever les yeux : ce que vous verriez pourrait ne pas vous plaire.

L'esprit du menuisier circule dans les couloirs de l'établissement depuis un peu plus longtemps que celui de Lizzie McGrath, une femme de chambre qui travaillait et habitait à l'hôtel au moment de son ouverture. Elle vivait au sixième étage, dans une chambre qui était alors réservée aux employées. Catholique d'origine irlandaise et fervente pratiquante, Lizzie était aux dires de tous une travailleuse acharnée. Après une longue et dure journée passée à nettoyer de nombreuses chambres de l'hôtel, elle avait l'habitude d'aller s'asseoir sur l'escalier de secours. Sous la pâle lueur de la lune, elle venait se changer les idées et réciter son chapelet. L'air du soir vivifiait son corps et sa foi et lui procurait la paix. En 1909, lorsqu'une première annexe a été ajoutée à l'hôtel, on a retiré les sorties de secours afin d'éviter qu'elles ne gênent la construction. Mais personne n'a prévenu la pauvre Lizzie. Elle a donc terminé ce qui allait être sa dernière journée de travail (en vie), est retournée à sa chambre, a saisi son chapelet et s'est dirigée vers l'escalier. Tombant du haut du sixième étage, elle a trouvé la mort en s'écrasant sur le sol. Le lendemain matin, les ouvriers de la construction ont trouvé son corps. Quand ils l'ont retourné sur le dos, ils ont vu que Lizzie serrait entre ses mains son

L'hôtel Fairmont Empress

chapelet adoré.

L'acharnement au travail qui caractérisait Lizzie de son vivant a continué après sa mort. Il n'est pas rare que l'on croise son fantôme au sixième étage, en train d'exécuter des tâches ménagères.

Au moins, son esprit semble se sentir chez lui, pour ainsi dire. Ce n'est toutefois pas le cas du fantôme d'une autre femme coincé à l'intérieur de l'Empress. Il est arrivé fréquemment que des clients de l'hôtel soient réveillés par des martèlements sonores et frénétiques contre leur porte au milieu de la nuit. Dans le couloir, prise de panique et désorientée, une femme en pyjama semble perdue et réclame de l'aide. Saisissant dans sa main glaciale celle des clients, elle les conduit jusqu'à l'ascenseur... puis disparaît tout bonnement. On croit qu'elle hantait autrefois sa chambre, qui a été démolie depuis pour contruire un autre ascenseur. Ce fantôme s'est ainsi retrouvé à errer dans les couloirs, perpétuellement à la recherche de sa chambre.

Mais le fantôme le plus illustre de l'établissement est sans contredit son architecte, Francis Rattenbury, qui a fini sa vie enlisé dans la controverse. Après l'ouverture de l'Empress, Rattenbury est devenu une personnalité très connue et respectée à Victoria. Toutefois, il a terni sa réputation en quittant sa femme et ses enfants pour épouser Alma, une femme deux fois plus jeune que lui. Après ce scandale et une série de mauvais investissements, Rattenbury est retrouvé assassiné dans son salon en Angleterre, le crâne ouvert par un marteau ou un maillet de croquet (l'arme diffère selon les rapports). George, son chauffeur, est inculpé du meurtre et est reconnu coupable. On apprend alors qu'Alma et lui formaient secrètement un couple depuis un certain temps. Peu après le meurtre de Rattenbury, Alma met fin à ses jours en plantant un couteau dans son cœur brisé.

Il semble donc que Rattenbury souhaite demeurer dans l'hôtel qu'il a conçu et revivre les jours de gloire qu'il a connus avant les choix douteux qui l'ont conduit à sa perte. Il arpente les couloirs de l'Empress en surveillant sa plus grande réalisation et ses nombreux clients, dont plusieurs, comme lui, sont morts depuis longtemps.

LE NŒUD DU BOURREAU

Ville de Québec, Québec

Plus encore qu'un square historique et pittoresque au cœur du Vieux-Québec, la place Royale est considérée comme le berceau de la Nouvelle-France. Fondée en 1608 par le navigateur et explorateur français Samuel de Champlain, la place a d'abord accueilli un marché très animé où l'on pratiquait le commerce des fourrures. Notre-Dame-des-Victoires, la plus ancienne église de pierre en Amérique du Nord, s'y trouve toujours. Mais au-delà de la charmante façade des bâtiments patrimoniaux et des jolies rues en pavés se cache un passé violent qui a pris au piège bien des esprits.

Aujourd'hui, la place Royale constitue un lieu de promenade incontournable pour les touristes. Beaucoup d'entre eux débarquent de l'un des nombreux navires de croisière amarrés à proximité dans le vieux port afin de visiter les environs. Mais même le voyageur qui tient à se dégourdir les jambes après un long voyage en mer ne devrait pas s'attarder trop longtemps sur la terre ferme et aurait intérêt à regagner prestement son bateau une fois la nuit tombée. En effet, l'homme qui observe dans l'ombre tous les passants traversant la place Royale ainsi que la vagabonde qui erre chaque soir aux abords de Notre-Dame-des-Victoires ne sont ni des touristes, ni des gens du quartier. Du moins, ce ne sont pas des gens du quartier actuel de la place Royale, puisque tous deux ont été tués durant les années 1600.

Outre le tourbillon d'activité que suscitaient les échanges commerciaux à l'intérieur du square, la place Royale était l'endroit où l'on exécutait de la façon la plus brutale les hommes, les femmes et les enfants reconnus coupables d'un crime, si anodin soit-il. En effet, le moindre larcin entraînait la pendaison. C'est ainsi qu'une jeune fille de seize ans accusée d'avoir commis un vol insignifiant fut la toute première personne à être exécutée dans la ville de Québec.

Un mois à peine après avoir fondé la place Royale, Champlain est informé d'un complot visant à l'assassiner. Quatre hommes, sous la direction du serrurier Jean Duval, prévoient livrer son cadavre ainsi que la ville de Québec aux Espagnols pour leur seul profit. Fort de ce renseignement, Champlain prend les devants et invite les quatre hommes à souper chez lui. Voyant là l'occasion parfaite de mettre à exécution leur plan meurtrier, Duval et ses acolytes acceptent l'invitation et se présentent à sa porte. Mais avant qu'ils puissent faire le moindre mal à Champlain, celui-ci ordonne leur arrestation pour trahison. Les trois complices de Duval sont renvoyés en France pour être exécutés, mais Champlain a un projet particulier en ce qui concerne le chef de la bande. Duval est pendu près de l'entrée de la place Royale. Comme

L'église Notre-Dame-des-Victoires

ce geste à lui seul pourrait ne pas suffire à dissuader les éventuels imitateurs, on lui coupe ensuite la tête devant la foule rassemblée. Elle est posée sur une pique et placée sur le toit le plus haut. Le regard aveugle de ce sordide étendard dominant la place constitue une constante mise en garde contre toute trahison. Le fantôme de Duval – cette silhouette floue que croisent souvent les touristes à la nuit tombée – ne tarde pas à élire domicile près de l'entrée de la place où son corps s'est un jour balancé au bout d'une corde.

Peut-être trouve-t-il cependant une certaine consolation dans la présence de cet autre esprit qui vient bientôt lui tenir compagnie. En 1680, peu de temps après la pendaison et la décapitation de Duval, un nouveau bourreau est désigné. On demande à Jean Gatier de déménager loin hors de la ville avec sa femme et ses enfants afin qu'il ne vive pas au milieu des gens qu'il risquerait un jour de devoir exécuter. Il le fait volontiers, sans imaginer qu'il vivra avec l'une de ses prochaines victimes.

Peu après leur départ de la place Royale, la femme de Gatier est accusée d'avoir volé des marchandises à un commerçant. On la condamne à la pendaison. Le bourreau se voit forcé de s'acquitter de cette tâche déchirante et il pend sa propre femme et mère de ses enfants devant l'église de Notre-Dame-des-Victoires. L'esprit de Mme Gatier arpente toujours les ruelles de la place Royale, éternellement à la recherche de son mari. Souhaite-t-elle des retrouvailles? Souhaite-t-elle une vengeance? Nul ne le sait.

LE FANTÔME D'EAU

Holland Cove, Île-du-Prince-Édouard

L'Île-du-Prince-Édouard est le théâtre réputé des aventures de l'héroïne du roman tant aimé de Lucy Maud Montgomery, *Anne... La Maison aux pignons verts*. Les magnifiques collines verdoyantes et les plages de sable rouge sont un cadre parfait pour les récits de l'écrivaine, célèbres dans le monde entier. Il n'est donc pas surprenant qu'une province ayant la réputation d'offrir une « vie insulaire » idyllique soit devenue le lieu de prédilection d'un fantôme dégoulinant qui suit le rythme des marées.

Chaque année, le 14 juillet, au moment de la marée la plus haute, les habitants de Holland Cove disent voir une femme émerger des profondeurs troubles de la mer. Elle est vêtue d'une longue robe blanche et a de longs cheveux noirs. Lorsqu'elle pose les pieds sur la terre ferme, la femme laisse derrière elle une traînée d'eau coulant sans arrêt de son corps. Elle erre d'une extrémité à l'autre de la plage, les yeux humides et remplis de tristesse, et elle appelle « Samuel? Samuel? », mais ne trouve jamais l'homme qu'elle cherche. En désespoir de cause, elle finit par retourner dans l'eau pour s'y noyer. Année après année, elle refait surface, cherche en vain Samuel, puis va se perdre entre les vagues. Les années passent, et aucun corps n'est retrouvé sur la grève, rejeté par la marée.

Qui est cette femme? Et qui est Samuel? Quiconque a eu l'occasion de voir le fantôme d'eau se pose ces questions depuis bien longtemps déjà. Les gens croient pour la plupart que l'homme qu'elle recherche n'est nul autre que le capitaine Samuel Johannes Holland qui a donné son nom à Holland Cove. Nommé arpenteur en chef d'Amérique du Nord par les Britanniques, le capitaine Holland a accosté sur l'Île-du-Prince-Édouard en 1764 et a consacré les deux années

Holland Cove

qui ont suivi à créer des cartes détaillées dont on se sert encore aujourd'hui. Il est tombé amoureux du Canada et y est demeuré jusqu'à sa mort, en 1801.

La légende veut que le fantôme soit Racine, l'épouse du capitaine Holland, une femme magnifique issue de la royauté française. Par un jour de vent dans la crique, le capitaine tardait à rentrer d'une expédition. Redoutant le pire, Racine s'est aventurée sur la glace imprudemment dans l'espoir de voir arriver le navire de son mari. Mais la glace, trop mince, a cédé et Racine s'est noyée dans les eaux glaciales. À son retour, peu après, le capitaine a appris la terrible nouvelle. Mais il n'a pas tardé à revoir son épouse. Dans les jours qui ont suivi son décès de sa femme, le capitaine Holland a dit l'avoir vue trempée jusqu'aux os et affreusement pâle. Elle l'appelait en gémissant, puis a disparu devant ses yeux.

Ce récit ne semble toutefois pas très plausible parce qu'il contient des failles importantes. Tout d'abord, le fantôme apparaît chaque été, alors que Racine est censée être morte en hiver : or, les fantômes apparaissent traditionnellement à la date anniversaire de leur décès. On dit que cela pourrait s'expliquer par la marée, qui cracherait son esprit sur la plage comme elle le fait pour le bois de grève.

Le principal problème demeure toutefois que le capitaine Holland s'est marié à deux reprises, mais aucune de ses épouses ne s'appelait Racine. Sa deuxième femme, qui a vécu avec lui à Holland Cove, était selon la légende une Française du nom de Marie-Joseph Rollet. Racine était peut-être un surnom, mais comme Marie-Joseph a survécu à son époux, il est peu probable que le fantôme puisse être le sien.

La véritable identité du fantôme d'eau ne sera peut-être jamais établie, mais cela n'empêchera pas la marée de monter. Chaque année, en juillet, l'esprit émerge de l'océan, ruisselant d'eau et pleurant la perte de Samuel. Et que vous ajoutiez foi ou non à la légende de Racine et du capitaine Holland, voici le conseil que tous les témoins de l'apparition s'empressent d'ajouter lorsqu'ils en font le récit : si vous entendez le fantôme d'eau de Holland Cove, ne vous en approchez surtout pas. On dit que quiconque pose les yeux sur cette femme se noiera un jour.

MORTE ET ENTERRÉE?

St. John's, Terre-Neuve-et-Labrador

La seule vue de certains immeubles inspire la crainte. D'autres, plus discrets, ne se font pas remarquer immédiatement, comme s'ils tentaient de dissimuler un secret ou d'effacer le passé. C'est précisément le cas du restaurant nommé Cathedral Street Bistro, au centre-ville de St. John's. En surface, il s'agit d'un charmant restaurant offrant des repas fins. Ce petit immeuble rouge est jumelé à un bâtiment bleu de plus grandes dimensions qui abritait autrefois des logements. Mais les apparences sont parfois trompeuses et les témoignages qui se rattachent au Cathedral Street Bistro mettent en lumière l'histoire macabre et secrète du lieu.

Avant ce restaurant, plusieurs autres commerces ont occupé l'immeuble, des restaurants et une auberge entre autres. En 1891, c'était une maison funéraire, dernière étape terrestre de bien des humains. On dit d'ailleurs que la présence des fantômes dans le restaurant actuel remonte vraisemblablement à cette époque. Certains vont même jusqu'à croire que l'énergie négative des vivants qui sont passés au salon mortuaire pour pleurer la perte d'un être aimé imprègne les murs telle une tache impossible à faire disparaître. Mais en dépit des croyances et des certitudes de chacun, les histoires que l'on raconte à voix basse à propos du Cathedral Street Bistro sont indéniablement effrayantes.

Brian Abbott est l'ancien propriétaire de Chez Briann, l'un des restaurants ayant précédé le Cathedral Street Bistro. Il y travaillait aussi et il connaît au moins deux esprits qui ont hanté les lieux. Il raconte qu'un jour, une de ses employées commence à descendre l'escalier. Elle s'arrête net en apercevant quelque chose : il y a une personne au bas des marches, mais sa silhouette paraît plus composée de fumée que de chair et d'os. Soudain, le spectre nébuleux s'envole vers le haut de l'escalier, passant tout bonnement à travers elle.

L'autre fantôme que le personnel de Brian Abbott a fréquemment croisé était un vieil homme qui demeurait dans la salle à manger lorsque le restaurant était tranquille. L'air sévère et le regard glacial, il fixait les interlocuteurs comme pour les mettre au défi de détourner les yeux ou de déguerpir. Et c'est exactement ce que faisaient les employés préposés au service. Chaque fois qu'ils tentaient de soutenir son regard pendant plus de quelques secondes, l'homme commençait à s'approcher d'eux. Personne n'a osé poursuivre l'exercice assez longtemps pour découvrir les intentions du fantôme au visage sérieux.

Ce n'est pas le genre d'endroit où l'on souhaite passer la nuit, mais c'est évidemment ce que faisaient les gens lorsque le bâtiment est devenu l'auberge Victoria Station au cours des années 1990. Une nuit, une femme se réveille souffrant d'une douleur aiguë à la poitrine. En ouvrant les yeux, elle aperçoit un fantôme planant au-dessus d'elle. Il s'agit d'un vieil homme, vraisemblablement le même que celui qui apparaîtra par la suite aux employés du restaurant. Paralysée dans son lit, la femme est incapable de cligner des paupières et se trouve forcée de regarder le vieillard placer deux pièces de monnaie sur ses yeux. Ce geste qui consiste à placer deux pièces de monnaie sur les yeux d'un cadavre est une vieille coutume reposant sur la croyance selon laquelle la personne défunte aura besoin de cet argent pour payer le batelier qui transportera le corps de l'autre côté du Styx, la rivière mythique des enfers. Mais cette femme est encore vivante! Soit le vieil homme fait erreur, soit son geste annonce un sombre projet. Fort heureusement, la femme reprend la maîtrise de son corps et parvient à s'échapper avant que le fantôme puisse lui faire du mal.

Certains témoignages indiquent qu'un esprit perdu, une femme cette fois, circulerait dans les couloirs au milieu de la nuit. Elle reste muette et ne s'approche de personne, mais ceux qui ont pu la voir de plus près ont remarqué une particularité qui ne manque jamais de glacer le sang : une cicatrice irrégulière parcourt toute la longueur de son torse, semblant résulter d'une autopsie récente.

Pendant que les clients festoient au restaurant, il est déconcertant de penser que l'esprit des employés de la maison funéraire autrefois établie en ces lieux ou des défunts qui y ont été préparés pour leur enterrement n'ont nullement l'intention de s'éloigner tranquillement dans la nuit.

LA VALLÉE DES HOMMES SANS TÊTE

Réserve de parc national du Canada Nahanni, Territoires du Nord-Ouest

Située à quelque cinq cents kilomètres à l'ouest de Yellowknife, la Réserve de parc national du Canada Nahanni s'étend à perte de vue. Elle recèle des paysages à couper le souffle, de nombreuses espèces en voie de disparition... ainsi qu'un passé meurtrier. Bien qu'on ne puisse y accéder que par bateau ou par avion, chaque année, un millier d'aventuriers bravent les éléments pour faire personnellement l'expérience de l'isolement que procure le parc. Des précautions s'imposent toutefois : l'histoire a montré qu'il est facile de s'égarer ou pire encore, de perdre la tête dans le Nahanni.

Site du patrimoine mondial de l'UNESCO, le parc national Nahanni abonde en geysers fumants, en dolines dangereuses, en cavernes glacées, et on y trouve même une chute presque deux fois plus haute que les chutes Niagara. Cependant, au début des années 1900, ce n'est pas le paysage qui attire les gens à cet endroit, mais le fol espoir de dénicher de l'or dans les replis des montagnes. Des rumeurs se mettent à circuler voulant que deux frères, Willie et Franck McLeod, aient jalonné un claim minier. Mais même si c'est vrai, cela ne leur profite pas. En 1908, après une année sans nouvelles des deux frères, on trouve leurs corps décapités près d'une rivière du parc Nahanni.

Durant les années qui ont suivi, les cadavres – tous plus petits d'une trentaine de centimètres que la normale – continuent de se multiplier.

En 1917, on retrouve le prospecteur suisse Martin Jorgenson très près de la rivière où les corps des frères McLeod ont été découverts. Comme eux, il avait été décapité. Peu de temps après, un trappeur du nom de John O'Brien subit le même sort aux mains d'un mystérieux assaillant. Et en 1945, un mineur de l'Ontario est retrouvé dans son sac de couchage la tête sectionnée.

Ces meurtres inexpliqués et morbides qui se produisent dans la zone de la « 200 Mile Gorge » ont valu à l'endroit le surnom brutalement honnête de « Valley of the Headless Men » (vallée des hommes sans tête). Une carte de la région vous révélera d'autres noms de lieux aussi sordides que Deadman Valley, Headless Creek, Headless Range et Funeral Range. Comme si les gens ayant nommé ces emplacements souhaitaient prévenir les visiteurs des horreurs qu'ils risquent de trouver dans le parc.

Les manifestations étranges et les mystères qui demeurent inexpliqués dans les zones boisées du nord de Nahanni remontent toutefois bien plus loin qu'à la décapitation des frères McLeod. On a trouvé dans le parc des preuves de vie humaine préhistorique remontant à dix mille ans. Dans une histoire transmise de génération en génération, il est question d'un peuple appelé les Naha. Les autres tribus les considéraient comme un groupe de voyous cruels qui essaimaient dans les grandes rivières et pillaient tout ce qui vivait dans les basses terres. Les tribus des basses terres ont finalement décidé de riposter, mais lorsqu'elles se sont rendues au nord jusqu'au peuplement des Naha, les feux étaient éteints et les tipis, vides. Les Naha s'étaient volatilisés et personne n'a plus jamais entendu parler d'eux.

Certains attribuent la disparition des Naha et les récentes décapitations au Nuk-Luk, une créature semblable au Sasquatch qui aurait été vue à l'intérieur du parc. On croit que le Nuk-Luk aurait habité ces forêts durant plus de trois mille ans. Et il est conseillé d'éviter cette créature de plus de cent quatre-vingts kilos et de quelque deux mètres et demi. D'autres attribuent les morts et les disparitions à une entité démoniaque, mais inconnue, qui sème depuis longtemps la terreur dans la « vallée des hommes sans tête ». Les populations autochtones de la région évitent ce secteur depuis longtemps, le croyant hanté.

Des hommes de plein air forts et costauds comme des mineurs et des trappeurs ont été aisément décapités. Une population entière a disparu sans laisser de trace. Quelle que soit la personne (ou la chose) qui se trouve à l'origine de ces faits inexplicables, nous ne saurions trop vous recommander de garder la tête sur les épaules si vous visitez le parc Nahanni.

ÉPILOGUE

Vous ne croyez toujours pas aux fantômes? Dans ce cas, peut-être devriez-vous passer une nuit – seul(e) – dans une maison hantée. C'est ce que j'ai décidé de faire lorsque j'ai écrit le livre que vous tenez entre les mains. Tout au long de ma recherche, j'ai été stupéfié par la crédibilité des histoires que j'ai découvertes, par le nombre de récits de témoins oculaires qui correspondaient les uns aux autres, par la capacité qu'avaient ces récits de me captiver complètement et de me pousser à allumer toutes les lumières de la maison obscure.

Je n'avais jamais vu de fantôme. Ne me demandez pas pourquoi (sans doute par curiosité morbide), mais je souhaitais – j'éprouvais le besoin – de remédier à cette situation.

Je me suis donc rendu en voiture jusqu'au pittoresque village de Niagara-on-the-Lake et j'ai pris une chambre au Olde Angel Inn. Lorsque le nom de l'auberge est écrit à l'ancienne (Old avec un « e »), vous avez la certitude que l'endroit ne date pas d'hier. En fait, il s'agit de la plus vieille auberge de l'Ontario : elle est établie depuis 1789. Détruite par un incendie après la guerre de 1812, elle a été reconstruite. Ce magnifique bâtiment a accueilli au fil des ans de nombreuses personnalités, comme le premier lieutenant-gouverneur du Haut-Canada, John Graves Simcoe; l'explorateur Alexander Mackenzie ainsi que le père de la reine Victoria, le prince Edward. Bref, l'endroit possède un patrimoine historique indéniable, et en partie sanglant.

Il va sans dire que le Olde Angel Inn abrite un fantôme installé à demeure. Au cours d'un rendez-vous secret avec sa dulcinée, le capitaine Colin Swayze de l'armée britannique se cache à la cave en apprenant que les soldats américains ont envahi la ville. Il se glisse dans un tonneau en espérant qu'on ne le trouvera pas. Ce n'est malheureusement pas le cas. Prenant l'auberge d'assaut, les Américains descendent bruyamment l'escalier de la cave et pourfendent tous les tonneaux de leurs baïonnettes. Le capitaine passe ses derniers instants seul et effrayé en regardant le sang couler de son corps.

Peu après la mort du capitaine, les gens commencent à observer d'étranges phénomènes et les témoignages de manifestations paranormales se poursuivent aujourd'hui. Des objets s'envolent des étagères. Des pas arpentent les couloirs déserts. Un homme vêtu d'un uniforme militaire d'autrefois traverse les pièces au milieu de la nuit sans se donner la peine d'ouvrir les portes.

Après avoir interrogé le personnel et avoir vu la cave exiguë où le capitaine Swayze a été tué, j'ai passé la nuit dans les « Quartiers du général », la chambre à coucher la plus hantée de l'auberge. Je m'y suis enfermé à clé (malgré la futilité du geste), j'ai laissé l'éclairage allumé et j'ai remonté les couvertures jusqu'à mon menton.

Toute la nuit, des bruits étranges ont retenti dans la chambre. Du coin de l'œil, j'ai aperçu des quantités d'ombres qui bougeaient. Un rideau a frémi comme si quelqu'un se tenait derrière. La clé de ma chambre, qui pendait au bord d'une petite table dans le coin de la pièce où le plus grand nombre de manifestations paranormales ont été observées, se balançait toute seule d'un côté à l'autre. Je me suis assuré qu'il n'y avait pas de courant d'air ou de fenêtre ouverte. Un lapin en peluche que ma fille m'avait prêté se trouvait sur le sol face à mon lit quand j'ai finalement sombré dans un sommeil agité. À mon réveil le lapin se trouvait exactement au même endroit... mais il avait pivoté de 180 degrés et faisait face au mur.

Je n'exagère pas quand je dis que je n'ai jamais autant eu peur de ma vie. On aurait pu poncer du bois avec la chair de poule sur mes bras!

Vous ne me croyez pas? Je me doutais bien que c'est ce que vous penseriez. J'ai donc décidé d'enregistrer mon expérience avec un caméscope. Vous pouvez visionner la vidéo de ma nuit seul au Olde Angel Inn hanté sur le site Web de Scholastic Canada, à www.scholastic.ca/hauntedcanada (en anglais seulement).

Mais avant de visiter le site Web et de mettre la vidéo en marche, assurez-vous que les lumières sont allumées. Trouvez un camarade, un frère ou une sœur et inspectez le dessous du lit ou le moindre recoin de votre placard.

Et méfiez-vous des lapins en peluche!

LIEUX
HANTÉS

978-1-4431-0390-9

978-0-4399-4858-6

978-0-5459-9530-6

978-0-439-96258-2

Joel A. Sutherland cumule les métiers de bibliothécaire et d'auteur. Il a notamment écrit *Be a Writing Superstar* et *Frozen Blood*, un roman d'horreur sélectionné pour un prix Bram Stoker. Son recueil de nouvelles est cité dans bon nombre d'anthologies et de revues spécialisées, dont *Blood Lite II* et *III*, ainsi que *Cemetery Dance*, au même titre que les ouvrages de Stephen King et de Neil Gaiman. Il a à deux reprises fait partie du jury pour l'attribution du prix John Spray Mystery.

Joel A. Sutherland a en outre incarné le « bibliothécaire barbare » dans la version canadienne de la réputée série télévisée *Wipeout*. Il est parvenu jusqu'au troisième tour de sélection, démontrant ainsi que les bibliothécaires peuvent être aussi résistants et déjantés que n'importe qui. Joel est titulaire d'une maîtrise en Information and Library Studies de l'Aberystwyth University, au Pays de Galles.

Il habite avec sa famille dans le sud-est de l'Ontario, où il demeure constamment à l'affût des fantômes.